THE
COLLECTED SHORT
STORIES OF
O.HENRY

欧·亨利短篇小说集

[美] 欧·亨利 著

张经浩 译

北方文艺出版社

目录
CONTENTS

警察与圣歌 / 001
强中更有强中手 / 008
麦琪的礼物 / 023
婚姻学的真谛 / 030
二十年后 / 037
最后一片叶 / 041
为麦克花的钱 / 048
财神与爱神 / 055
失算 / 063
带家具的房间 / 076
托宾的手相 / 084
口哨大王迪克的圣诞袜 / 093
失语症患者逍遥记 / 110
布莱克·比尔藏身记 / 123
各有所长的结局 / 136
部长的良策 / 147
经验与狗 / 160
一千元 / 171
幽境过客 / 178
伯爵和婚礼的客人 / 184
似戏非戏 / 191
都市报道 / 200

警察与圣歌

索彼在麦迪逊广场[①]的长凳上总不得安稳。等到夜晚听到雁群拉大嗓门叫唤，等到没有海豹皮大衣的女人对丈夫殷勤起来时，等到索彼在公园的凳子上总不得安稳时，你就知道，冬天已指日可待。

一片落叶飘到索彼的膝上，这是冬先生送的名片。冬先生对麦迪逊广场的常客素来体贴，每年来前总要彬彬有礼地打个招呼。交叉路口处他的片子是叫北风送的，因为风是露天大厦的看门人，这样一来，睡街头的人就会有所准备。

索彼的心里已经有数，知道严冬逼近，他得单枪匹马想办法应付，所以他在凳上不得安稳了。

索彼过冬的打算并非什么宏图大略，他既没想去地中海游弋，也没想到南国休眠，或者在维苏威湾[②]泛舟。他只巴望能到岛上[③]待三个月。三个月里不愁吃住，有合得来的伙伴，北风吹不着，警察不找麻烦，他就谢天谢地，心满意足。

---

① 麦迪逊广场是纽约市的街心花园。

② 位于意大利，为避寒胜地。

③ 索彼想在监狱里过冬，监狱设在岛上。

好些年冬天他都待在大方好客的布莱克韦尔监狱。比他命好的纽约人每年冬天买票去棕榈滩和里维埃拉[1]，而索彼可怜巴巴，年年只能当穆罕默德，逃亡岛上。现在又到这种时候了。昨天夜里，他睡在这个老广场靠近喷泉的长凳上，用三份星期天的报纸[2]垫着上身，盖住腿脚，还是挡不住寒气，所以那个避难岛又浮现在索彼的脑海。市里对无家可归的人本有一些救济，即所谓“施舍”，可他瞧不上眼。在索彼看来，“博爱”的慈悲之心还比不过法律。市里办的和慈善团体办的机构比比皆是，只要他肯进，有吃有住，能过规范的简朴生活。但索彼性子傲，不肯要别人发善心相助。出自慈善家之手的馈赠，虽说你不必破钞即可得，但要以心灵受屈辱为代价，件件如此。恺撒尚且没逃过布鲁特斯之手[3]；哪个要住慈善机构的床，非得先把一身洗干净不可；哪个要吃块面包，就得让人盘问自己的隐秘。因此还不如做一趟牢中客，虽然监狱中规矩严格，但毕竟不会瞎干预君子的私事。

索彼一旦决定了去那岛上，便着手实现他的打算。办法倒是又多又容易。最惬意的是到哪家高档餐馆美餐一顿，吃完直截了当说钱已用得精光，让人往警察局一送，干干脆脆。往后的事自有好说话的法官料理。

索彼从凳上起身，走出广场，穿过百老汇与五马路相交处老大一块平坦的柏油路口。他转进百老汇，在一家漂亮的咖啡馆前停了下来，这儿夜夜摆着最上等的美酒佳肴，坐着衣冠楚楚的宾客和社会中坚人物。

---

① 两处均是避寒胜地，前者在美国的佛罗里达州，后者在意大利。

② 星期天的报纸张数多，此是作者的幽默说法。

③ 恺撒原为古罗马大将，后成为皇帝。布鲁特斯为罗马元老贵族。据史载，恺撒的执政方针侵犯了元老贵族的利益，结果被以布鲁特斯为首的元老派刺死。作者提到这个典故也是一种夸张和幽默。

从背心最下一颗纽扣往上看，索彼觉得自己的仪表准没问题。脸刮得干干净净，上衣总算体面，还打了一根干净的黑色活结领带，那是感恩节一位女传教士送的。如果他没引起人怀疑，能走到这家店的一张桌子边，那就稳操胜券了。露出桌子的上半身叫服务员看不出破绽。索彼想，要只烤野鸭差不多，外带一瓶法国白葡萄酒和法国名干酪，一杯黑咖啡，一根雪茄。一美元一根的雪茄足够了。几件东西加起来钱不会太多，太多了店老板会狠狠教训他一顿的。吃完了喝完了他也就饱了，高高兴兴地上路，去他过冬的避难所。

没承想索彼一踏进店门，领班服务员一眼就瞧见了他那已经磨破的裤子和不成体统的鞋子。他被一双又有力又利落的手扳转身，不声不响地推出来，那只野鸭也就逃脱了遭暗算的厄运。

索彼没再走百老汇路，觉得美餐一顿白食不是个办法，到岛上去此路不通，进那个既非天堂又非地狱的地方得另想办法。

走到六马路的一个路口，只见一家商店的玻璃橱窗电灯通亮，商品琳琅满目。索彼捡起块铺路石把玻璃砸碎了。行人从两边涌过来，跑在前头的正是个警察。索彼站着没动，双手插在衣袋里，望着那衣服上有铜纽扣的人[①]直笑。

“干这事的家伙跑到哪儿去了？”警察气喘吁吁地问。

“难道你就不怀疑我？”索彼反问，声音里听得出带点儿挖苦，然而笑容可掬，像是在迎候好运道。

警察根本没怀疑索彼。谁砸了橱窗都不会站着等警察抓，会拔腿就跑的。警察发现有人跑过了半条马路，想赶搭一辆车，便拿着警棍追。索彼虽满心瞧不起他，但还是走了，第二次也没达到目的。

---

① 警察服上的纽扣为铜制。

马路对面有家餐馆不太气派，是为那些食量大而钱包小的人开的，餐具厚重，空气污浊，汤清，餐巾布皱皱巴巴。索彼进这种地方穿着不像样的鞋和露出穷酸相的裤子是没人阻拦的。他坐到一张桌边，享用了牛排、烙饼、油煎卷，还有果馅饼。吃完他对服务员道出了实情：他身无分文。

索彼说：“你去叫警察吧，别让你大爷久等。”

“用不着叫警察，”服务员说，声音柔和，眼里的火星却直往外冒，“来呀，康！”

两名服务员抓着索彼一推，他的左耳首先着地，哐当摔倒在硬邦邦的人行道上。他一节一节弯动着关节站起来，像是个木匠一段一段地打开曲尺，然后拍干净身上的灰。想叫警察抓起来似乎也是做美梦，到避难岛看来还路途漫漫。站在相隔两家的药店门外的一名警察打了两声哈哈，巡马路去了。

索彼走过五个路口才算恢复勇气，又追求起警察来。这一次他异想天开，以为有十拿九稳的机会。一家商店的橱窗前站着位模样端庄可爱的年轻女郎，在津津有味地看里面摆的刮脸杯和墨水瓶架。离橱窗两码处站着位威严的大个子警察，背靠在消防龙头上。

索彼的方案是扮演一次惹人嫌遭人骂的“骚公鸡”。他瞄准的人儿文雅高贵，近在咫尺的警察忠于职守，让他信心十足，肯定会让警察扭住胳膊。这正是他求之不得的，只要一扭他过冬就不用愁，可以上那个小岛，那个有好处又自由的小岛。

索彼把他那女教士送的领带结整平，缩进去了的衣袖扯出来，帽子歪戴得不像话，轻手轻脚朝那姑娘走。他又是向她飞媚眼，又是无缘无故地咳嗽，又是清嗓门，一下子微笑，一下子又傻笑，骚公鸡那套可鄙可恶的伎俩，他厚起脸皮耍了个够。索彼斜眼一瞧，果见警察在盯着他看。女郎挪开几步，又聚精会神看着刮脸杯。索彼跟了过去，竟然挨到了她身边，抓起帽子，说：

“是你呀，贝德丽娅[1]。到我家玩玩，行吗？”

警察还在看着。被纠缠的姑娘只要弯一弯小指头，索彼就可以住到他岛上的避难所了。他想得真美，仿佛警察局舒舒服服的暖气都能感觉到了。姑娘转过脸来，伸出一只手，抓着索彼的衣袖。

“那当然，迈克。不过，你得请我喝杯啤酒。”她喜气洋洋说，“我早就想和你说话了，就怪警察在死盯着。”

索彼大失所望，从警察身边走过时一点事也没有，还被那年轻女郎挽着，就像树上缠了根常春藤。监狱似乎与他无缘。

拐了一个弯后，他甩开那女的撒腿就跑，直跑到一个街上灯光最亮的地段。入夜以后，上这里的人有来找称心事儿的，有来赌咒发誓的，有来看歌剧的。穿长大衣和裘皮衣的男男女女不怕冬天的寒气，来来去去走得欢快。突然，索彼担心起来，怕自己中了什么邪，就不能让警察抓去。他想着想着有点胆寒，但就在这时又遇上了一名警察。那人在家剧院前站着，挺精神，让他立即捞到了根救命稻草，想起有“扰乱治安行为”这一条。

索彼扯开粗嗓门，在人行道上醉汉般乱叫起来。他跳着喊着，胡说八道着，无所不为，搅得连天公也不安宁。

警察甩着警棍，背转身干脆不瞧索彼，还对一个人说：

“那是耶鲁大学的学生，庆祝他们球赛给了哈德福学院一个大鸭蛋。就叫唤叫唤，没事。上头有交代，别理他们。”

索彼泄了气，徒劳无益的事只好作罢。难道不会有警察来逮他吗？他认为那个岛有些可望而不可即。风刮得冷飕飕，他把薄

① 这是索彼信口叫出的名字，并非真名。

上衣的纽扣扣上了。

他发现一个衣着漂亮的人在烟店里点雪茄烟，点烟的火晃来晃去。他的一把丝绸伞进门时放在门边了。索彼走进店，拿起伞，慢吞吞地走开。点雪茄烟的人忙追上来。

“是我的伞！”他厉声道。

“还会是你的？”索彼用挖苦的声气反问，既强占他人财产，还污辱他人。“那你干吗不叫警察呀？我就要拿。是你的伞呐！干吗不叫警察呀？街口就站着一个！”

伞的主人放慢了脚步。索彼也放慢脚步，心头有种不祥之感，觉得命运又会与他作对。警察看着他们俩，好生纳闷。

伞主人说：“当——当然，唔——唔，你知道这种误会是怎么回事，就是我——要真是你的伞得请你原谅——我今天上午在餐馆捡到的。现在你认出来了，那——那还请你——”

“当然是我的伞！”索彼恶声恶气地说。

伞的前主人收兵回营。警察呢，发现一位披着在剧场看戏用的大外套的高个金发女郎在横穿马路，便赶去帮那女的一把；一辆电车正开来，隔着两个街口。

索彼往东走到一条在翻修的马路，气得把伞扔进一个坑里，还咒骂那些戴头盔拿棍子的家伙。他有心让他们来抓，可是他们把他当成不可能有过失的圣贤。

最后索彼到了东西向一条没那么明亮和热闹的马路。他打定主意顺这条路回麦迪逊广场，因为他回家的天性并未泯灭，尽管他的家只是广场的一条长凳。

然而，在一个特别幽静的街口，索彼站住了。那里有一座山形墙老教堂，盖得很糟，模样古怪。一扇紫罗兰色的窗里还亮着灯，有位琴师反反复复练着琴，也许是为了在安息日唱圣歌时把琴弹得格外出色。索彼被飘来的优美音乐迷住了，靠在铁栏的圆环上出神。

天空挂着轮皎洁的明月，车辆与行人寥寥无几，屋檐下的麻雀睡梦中只会叽叽喳喳叫几声，眼下的景象会使人想起乡间教堂的墓地。琴师弹奏的圣歌把索彼牢牢拴在铁栏上了。以往他也曾享受过温暖、甜蜜，有过朋友，有过抱负，思想洁白无瑕，衣服干干净净，在那些日子他对圣歌非常熟悉。

索彼的心本就容易受感化，老教堂又有它的神力，所以，他的灵魂幡然醒悟。回想他跌进的深坑，回想那些不光彩的岁月，卑鄙的欲望，破灭的希望，毁弃的才能以及为谋生计而有过的肮脏动机，心头掠过一阵恐惧。

也是在一瞬间，经过这种反省后，他振作起来了。他感到一阵来得又快又猛的冲动，决心与坎坷的命运搏斗。他要从泥坑中自拔，要洗心革面，要战胜缠住了他的邪气。时间还来得及，他还相当年轻。他要重振往日的雄心，不屈不挠实现远大抱负。庄严而优美的琴声激起了他心灵深处的变化。明天他就去闹市区找工作。一位皮货进口商曾说愿雇他当司机。他明天去找进口商要这份工作。他会在世上有所作为的。他会……

索彼觉得有人抓住了他的手臂，忙一回头，看见了一个大脸盘的警察。

“你在这儿干什么？”警察问。

“没干什么。”索彼说。

“跟我走。”警察说。

第二天上午，警庭的法官宣布道：“在岛上关押三个月。”

强中更有强中手

我和杰夫·彼得斯坐在普罗文萨诺饭店的一个角落里吃意大利面条，他边吃边向我解说三种不同生财之道。

每到冬天，杰夫就来纽约，一吃面条，二穿着厚厚的栗鼠皮大衣在伊斯特河看船，三把芝加哥产的成衣存放到富尔顿街的一家店里。其他三个季节里他在纽约以西，活动范围是斯波顿与坦帕之间。他对他干的那行自鸣得意，还一本正经摆出一套独特的伦理进行辩解。他那行不是什么新门路。他一文本钱不花，开了家无限公司，专收那些不安分又没头脑的同胞们的金钱。

男孩子喜爱太阳落山后坐到树林里吹口哨，杰夫每年到纽约这个楼房林立的城市度假时，闲得无聊了爱吹嘘他的种种业绩。于是，我在日历上他要来的那天做了个记号，并与普罗文萨诺餐馆打好交道，挑了个安静角落，坐在张有酒迹的小桌旁，小桌的一边有棵漂亮的橡胶树，另一边墙上挂了个画框，画上画着一座宫殿。

“有两种生财之道法律应该承认，一是华尔街的股票投机，二是偷盗。”杰夫说。

“承认其中一种几乎人人赞成。”我说着笑出了声。

“偷盗也应在承认之列。”杰夫说。听他这样一说，我知道不该笑。

“大约两个月前，”杰夫说，“我有机会认识了两个人，刚才说的这两个行当两人各在一行。一个是偷盗协会的会员，没斗过我，同时另一个金融界的拿破仑[①]也相形见绌。”

“这倒真凑巧。”我说着打了个呵欠，“一个多星期前我在拉马斯波一枪打着了一只鸭子，还打着了一只地松鼠，我对你说过，记得吧？”我了解杰夫，知道怎样使他说得起劲。

“你先听我说说，这些家伙的心地怎么恶毒，先弄坏公德这个弹簧，再使得社会这个轮子不得正常运转。”杰夫说，俨然像一个要揭发别人罪恶的人，眼里闪现出纯洁的目光。

“刚才我说，三个月前我结交了坏人。人生在世，只有两种时候会结交坏人，一是弄得身无分文的时候，二是发了财的时候。

“最合法的买卖也难免不碰上倒霉的时候。我在阿肯色州时，走到一个三岔路口拐错了弯，进了皮文镇。大概是去年春天我闯到皮文让他们吃到苦头结下了仇。我卖过六百元的果树苗，有李树、樱桃树、桃树、梨树。皮文人睁大眼盯着马路，就等我再从那地方过。我在镇上的大街把马车赶到水晶宫药店才发现我和白马比尔进了埋伏圈。

“皮文人突然逮住我，牢牢抓着比尔的缰绳，要找我算账，个个都说买我的果树苗上了当。一伙人把马车的缰绳穿进我背心的袖管里，拉扯着我去看他们的花园和果园。

“他们的果树长出来后与标签上写明的不是一个样，大多成了柿子树和山茱萸，还有一两处是黑皮橡树和白杨。唯一一株长

① 此处金融界的拿破仑是指美国石油大王洛克菲勒。

出了点名堂的树是一棵山茱萸，树上有个黄蜂窝，还挂着件半旧的紧身外套。

“皮文人拽着我们走遍了全镇，只要树不结果都责怪我。他们抢走我的表和钱作抵押，又扣下比尔和马车。他们说，等到哪株山茱萸六月里结出大桃子，我可以去领回我的东西。然后，他们抽出了缰绳，叫我往落基山滚。我像刘易斯和克拉克[①]那样，往那片河流湍急、树木遮天蔽日的地方跑。

“等我心定下来，发现原来是到了圣菲铁路一个不认识的小镇上。皮文人把我口袋的东西搜刮一空，只剩下烟草。看来他们不想要我的命，留下烟草就能保住命。我咬了一团，坐到铁路边的一堆枕木上，让脑子清醒清醒。

“这时一列货运快车从远处开了过来。经过小镇时减慢了速度，从车上掉下一个黑包，滚出二十多码，掀起一团灰尘。原来是个人，站起身后边吐煤粉边恶狠狠地骂。我发现这人年纪轻，脸宽，衣着讲究，不像是偷搭快车的，倒像是坐得起卧铺的。尽管浑身黑，成了扫烟囱的，还乐呵呵一笑。

“‘掉下车的吗？’我问。

“‘不，跳下车的。’他说，‘目的达到了。这是什么镇？’

“‘我还没看地图。’我说，‘只比你先到五分钟。你摔得怎样？’

“‘摔得不轻。’他把一只手臂转了个圈，说，‘我看这肩——行，没问题。’

“他弯下腰拍去身上的灰，却不料口袋里掉出一根九寸长、

---

① 刘易斯（1774—1809）与克拉克（1770—1838）在美国购买路易斯安娜州时，奉第三任总统杰弗逊派遣，带领一个探险队在该地区考察。

撬门用的细钢钎。他忙捡起来，先瞪大眼看着我，然后咧开嘴笑着，伸出只手。

“‘伙计，你好。’他说，‘我不是见过你吗？去年夏天你在密苏里州南部卖宝沙，五毛钱一小调羹，说是可以防止油发生爆炸。’

“‘油不会爆炸。’我说，‘油化成了气体才会爆炸。’但是我仍然与他握了手。

“‘我名叫比尔·巴西特。’他对我说，‘倒不是我自高自大，而是我有一种职业自豪感。告诉你吧，算你运气，你遇到了最高明的贼，在密西西比河一带来无影去无踪。’

“于是，我和这位比尔·巴西特坐在枕木上大吹大擂起来，仿佛是两位同宗的大师相遇，谈得投机。他也身无分文，两人更是成了知己。他告诉我，在小石城一个女佣出卖了他，得赶紧逃跑。要不然，本领高强的贼哪用扒货车？

“‘我有一个本领，’比尔·巴西特说，‘就是如果要搞点小偷小摸时，便向娘儿们献殷勤。动了情她们就晕头转向。谁家要是有值钱的东西，又雇个漂亮佣人，你等着瞧吧，他家的金银准得不翼而飞。我坐到馆子里大吃大喝，而警察还说是内贼干的，因为女主人的侄儿就是个穷鬼。我先在女佣身上下功夫，等她让我进了屋，我便在锁上下功夫。’比尔说，‘谁知道小石城那娘儿们毁了我。’他说，‘她发现了我另带着一个姑娘乘电车。晚上我去她那里时，本来应开着的门却关上了。楼上房间的钥匙我都有，可是，哼！她把门反锁上了。她出卖了我。’比尔·巴西特说。

“比尔想用细钢钎撬开锁进去，但那娘儿们扯开嗓门大喊大叫起来，比尔只好连滚带爬从那家人家逃到车站。他没带行李，车站不让上车，他便爬上了一列出站的货车。

“我们各自谈完自己的倒霉事后，比尔说：‘我现在饿了。这小镇看来没有上弹簧锁。我们来点小动作，先弄两个钱花花，怎样？你大概没带什么生发油、包金表链之类的假货到广场卖，骗骗那些想占便宜的小气鬼吧？’

“‘没有，’我说，‘我本来有个手提包，里面放着巴达哥尼亚[①]钻石耳坠，还有钻石装饰针，让皮文人扣下了，如果紫树不流出黄胶汁，不结日本李，卖出了钱，就别想再要回来。除非有卢瑟·伯班克这样的大园艺家合伙，还是死了心吧。’

“‘没关系，’巴西特说，‘我们把拿手好戏用出来吧。也许天黑以后我能向哪位太太借到枚发针，挑开农牧渔业银行的门。

“我们正谈着时，一列客车靠站了。一个戴高礼帽的人没从月台一边下，而是快步向我们走来。他矮胖个子，长着大鼻子、小眼睛，但衣着讲究，小心翼翼提着个手提包，看来里面装的不是鸡蛋便是铁路股票。他从我们身边经过，沿铁路继续走，连看都没看小镇一眼。

“‘来吧！’比尔·巴西特对我说，开始追那人。

“‘去什么地方？’我问。

“‘哎呀，难道你忘了你已经一无所有？财神爷从你眼皮底下过难道没看见？救星来了你还不知道？没想到你就这样聪明？’

“我们在树林边赶上了陌生人。太阳已经落山，这地方又偏僻，没人看到我们拦住他。比尔取下这人头上的丝帽，用自己的衣袖掸掸帽上的灰，又给那人戴上。

---

① 巴达哥尼亚为南美洲一地区，在阿根廷及智利南部。

“‘先生，你这是什么意思？’那人说。

“‘过去我也戴这种帽子，不自在了时常这样做。’比尔说，‘现在没戴，只好借用你的。先生，我们想找你的事该怎么开口说呢？我看还是先搜你的口袋吧。’

“比尔·巴西特把口袋摸遍了，显出副鄙夷的神态。

“‘表都没有一只，你就不觉得丢人？真是尊空心石膏像！’比尔说，‘你穿得像公子哥儿，口袋里却是布贴着布。车钱也没见到你有一个，怎么能坐车？’

“那人开口了，说他没有钱财。巴西特还是拿过了他的手提袋，打开一看，只有衣领、袜子，还有剪下的半张报纸。比尔细细看过剪报，向被他拦路打劫的人伸出只手。

“‘伙计，你好！’他说，‘请接受朋友的歉意。我是大盗比尔·巴西特。彼得斯先生，你过来认识认识阿尔弗雷德·伊·里克斯先生。握手吧。’比尔说，‘里克斯先生，干起无法无天的事来，彼得斯先生不同于我和你。他每次挣钱得花本。里克斯先生，很高兴见到你，见到你和彼得斯先生。这是我第一次参加全国群英会，撬门扭锁的、欺哄诈骗的、股票投机的全到场了。彼得斯先生，你看看里克斯先生的本领吧。’

“比尔·巴西特递给我的报纸上登了这位里克斯先生的一张清晰的照片。是份芝加哥出版的报纸，文章段段把里克斯骂得狗血淋头。看过报纸我才知道，眼前的这位里克斯曾坐在他装饰豪华的办公室里，把全佛罗里达州浸泡在水里的地说成旱地，一块一块卖给那些地产投资的门外汉。他得到的钱大约十万。但是偏偏有些买主太认真，爱给你找麻烦。这种人我也见过，卖给了他金表他要放到酸里试真假。有个买主小心眼，不辞劳苦去看他买的地是不是篱笆坏了要加一两个桩，另外再贩些柠檬回来，赶在圣诞节卖。他雇了个测量员帮他找地。他们费尽九牛二虎之力，才发现广告上登的那个乐园谷根本不是一个繁华的市镇，而是奥基乔比湖的正中，位于东二十七度，南四十杆十六竿[1]。这位先生的地在水下三十六英尺处。不但如此，还早就被鳄鱼和长嘴硬鳞鱼占领，他很难成为那里的主人。

“那人二话没说赶回芝加哥，闹翻了天。气象局预报了下雪没人会料到第二天早上天热得受不了，阿尔弗雷德正志得意满，也没想到会有人闹翻天。里克斯不认账，然而他没法赶走那地方的鳄鱼。有天上午，报纸登出了一大块文章，里克斯只好从太平梯爬出来逃之夭夭。有关当局找到了他存放赃款的保险箱，里克斯只好拿着提袋往西跑，袋里就只放着一双袜子和十来个十五点五的衣领。存折上的钱只够买张短途火车票，坐到这个偏僻小镇被赶下来，遇上了比尔·巴西特和我两个拦路抢劫的强盗，其实身上一分一文都没有。

“后来这位阿尔弗雷德·伊·里克斯叫嚷也饿了。他说他没本领弄到饭钱，更不用说拿得出饭钱。如果我们要打个比喻，不妨说我们三人分别代表劳力、贸易、资本。现在，由于没有资本，贸易就无从谈起。而资本离开了钱，就别想什么牛排和洋葱。所以，这一来就得仰仗带钢钎的人。

“比尔·巴西特说：‘两位好汉，兄弟在患难中从没抛弃过朋友。我看见树林里不远处有所没人住的房子。我们先到里面等等，到天黑了再说。’

“树林里的确有所旧房子空着，我们三人走了进去。天黑以后，比尔·巴西特叫我们等着，他出去半小时后再来。他回来时，果然捧着一大包面包、排骨和馅饼。

---

① 杆、竿，这两个单位均是过去的长度单位。

“‘在沃西托路一个庄稼人家讨来的。’比尔说，‘痛痛快快吃吧，喝吧。’

“天上升起了一轮满月，我们坐在房子里的地上，借着月光吃起来。这位比尔·巴西特又开始吹嘘了。

“‘你们这些人自以为比干我这行的高出一等。’他说，嘴里塞满庄稼人家里弄来的东西，‘有时候我就不服这口气。比方说吧，遇到现在这种情况，你们俩哪一位拿得出办法，叫我们都不饿肚皮呢？里克斯，你能行吗？’

“‘我承认，遇到现在这种情况，也许我束手无策。’里克斯说，嘴里吃着块馅饼，声音小得几乎听不清，‘我经营的是大宗买卖，自然而然得事先周密策划。我……’

“比尔·巴西特打断他的话说：‘我知道，里克斯，你不用往下说。你得花五百元雇一位金发女郎当打字员，买四套梓木家具。然后再花五百元登广告。要等上两星期时间才有鱼上钩。如果遇上了紧急情况，你们的本领屁用也不顶。好比煤气熏倒了人，你们主张把煤气收归市政府管却救不了这个人一样。彼得斯，估计你那一套也是远水不解近渴。’比尔最后说。

“我说：‘我还没见过你这位大仙把手杖一指，就点铁成金。搞顿残羹剩饭吃的小法术几乎人人都有。’

“巴西特越吹越起劲，说：‘弄来这么多吃的只等于准备个南瓜①。灰姑娘，你会坐着六匹马拉的车不知不觉就到门口。也许你有什么绝技让我们开开眼界吧？’

“我说：‘老弟，我比你大十五岁，但并没过保人寿险的年纪。弄得身无一文的时候我早经历过。小镇上的灯就在不到半英

---

① 典出童话《灰姑娘》。仙子把南瓜顷刻变成马车，把老鼠变成拉车的马，送灰姑娘参加王子的舞会。

里外，我们望得见。我的本领是蒙塔古·西尔弗教的，赶着马车卖货的人数他最了不起。现在小镇的街上走的人成百上千衣服上有油迹。我只要有盏汽油灯，一只小箱，再加两块钱的白橄榄香皂，切成小……’

“‘你上哪儿弄这两块钱？’比尔·巴西特打断我的话，讥笑道。这盗窃犯你说不过他。

“‘得了吧，’比尔继续说，‘你们两位成了脓包。金融大王关门大吉，商业大王也停了业。你们俩想开张还得靠我这有手上功夫的。就这个样，你们不认账也得认账。今天晚上我比尔·巴西特显点本领让你们瞧瞧。’

“巴西特叫我和里克斯别出屋子，等他回来，即使到了天亮也得等着。说完他就往镇上走了，一边吹口哨。

“那位阿尔弗雷德·伊·里克斯脱掉鞋，衣服，把块丝手帕盖在礼帽上，往地上一躺。

“‘已经累了一天，我得睡一会儿。晚安，彼得斯先生。’他说。

“‘那你就安心睡吧。’我说，‘我得再坐一会儿。’

“我的表在皮文镇让人扣下了，照那块表估计是八九不离十，大约两点钟，我们那位有手上功夫的人回了，踢醒里克斯，把我们叫到照进屋门的月光下，摊开五个小包在地上，每个里有一千元。他像刚下了蛋的母鸡一样，咯咯叫唤起来。

“他说：‘我来谈点镇上的事情吧。这小镇叫岩泉镇。他们在修一所共济会教堂。看来民主党的镇长候选人要败在民众党手下。塔克法官的太太得了胸膜炎，现在病情有所好转。我先与人谈起这些无关的事，然后才摸清了我要了解的情况。镇上有家银行，名叫林业信托农业储蓄所。昨天关门时有现金两万三千，今天上午开门时会只有一万八千了，全是银圆，所以我没有再多拿。瞧吧，你们做买卖的，搞投资的。现在认输了吧？

“阿尔弗雷德举起双手说：‘小伙子，你偷了银行的钱？哎呀呀，哎呀呀！’

“‘你别这样说。’巴西特说，‘偷太难听。我只不过是找到了这家银行在哪一条街。镇上静得很，我站在角落里能听到保险柜号码盘的转动声：往右到四十五，左两圈到八十，再往右到六十，往左到十五，就像耶鲁大学橄榄球队队长用球队的行话发号施令一样。伙计们，’巴西特说，‘这镇上的人起得早。他们对我说，天不亮就起来了。我问他们这是什么原因，他们说因为天不亮早饭就做好了。两位好汉，怎么办呢？时间不早了！拿着钱叮叮当当开路吧。本钱我给你们。要多少？说吧，投资的！’

“‘小兄弟，我在丹佛有朋友帮忙。’里克斯说。这时他成了只地松鼠，后腿立着，前爪捧着个果壳在玩，‘有个百把元我……’

“巴西特打开一包钞票，扔给里克斯五张二十元的。

“‘做买卖的，你呢？’他问我。

“‘把你的钱收起来吧，你这卖苦力的。’我说，‘老实人辛辛苦苦挣来的几个小钱我从来不揩油。我要的钱都是那些傻瓜和太幼稚的家伙口袋里装不下的多余钱。我站在十字路口卖给没有良心的家伙一只带钻石的金戒指收他三块，只赚两块六角。不用说，他转手就送给了位姑娘，得到的好处本来要用一百二十五块的戒指才能换到。他的利润是一百二十二块。你说说，谁占的便宜多？’

“巴西特说：‘你把一调羹沙卖给穷苦女人要人家五角钱，说是防止灯发生爆炸，可是沙四角钱一吨，你来算算吧，这女人

可得多少纯利？’

“‘你听着吧。’我说，‘我教她把灯擦干净，装满油。如果她照我的办，灯就炸不了。她以为灯里有了沙不会炸，不再提心吊胆。这是工业基督科学[①]。她出五角钱就沾到了洛克菲勒与埃迪太太两人的光。叫这两个大阔佬来一起为你效劳不是人人能办到的事。’

“阿尔弗雷德·伊·里克斯对比尔·巴西特感激涕零。

“‘小兄弟，’他说，‘我永远忘不了你的恩德。上天会给你好报的。但是我恳求你以后不要动武、犯罪。’

“‘胆小如鼠的家伙！’比尔说，‘板壁里的那耗子洞就是为你钻的。你那套道德经我听来屁也不是。你们正人君子的抢钱办法造成了什么结果？贫穷困苦！彼得斯大哥总爱把做买卖那一套拉扯到抢钱术，结果被驳得理屈词穷。你们俩抱着金科玉律不肯放。彼得斯大哥，’比尔说，‘这香喷喷的钱你也拿些去吧，用不着客气。’

“我还是叫比尔·巴西特把钱放进自己口袋里去。有的人看得起偷盗，我从来就不。我得了人家的钱总要给人家一点东西，哪怕只是个叫他们牢记别再上当的纪念品也好。

“后来，阿尔弗雷德·伊·里克斯对比尔再次千恩万谢，与我们分了手。他说他打算向庄稼人租辆马车坐到车站，然后乘火车去丹佛。这可怜的废物走了以后，屋子里的空气都变新鲜了。他丢了全国所有不劳而获的行当人的脸面。尽管他干过大事业，坐过漂亮的办公室，到头来却不能体体面面吃上一顿饭，还是多亏了一个素昧平生也许还寡廉鲜耻的小偷的施舍。我巴不得他

① 基督科学是美国宗教领袖玛丽·贝克·埃迪（1821—1910）于1886年创造的一种宗教治疗疾病的方法，以精神力量治病。

走，尽管也为他从此永远完蛋感到惋惜。如果没有一大笔本钱起家，他能有什么作为？你看吧，阿尔弗雷德·伊·里克斯分手时已经成了背顶地、四脚朝天的乌龟，还能有什么指望？你叫他去骗一个毛丫头手里的石笔他都没办法骗到。

“当房子里只剩下我和比尔·巴西特后，我在脑子里打起了算盘，最后想出一个做买卖的秘方。我决心让这位梁上君子看看，做买卖的人与卖苦力的人有什么区别。他把做买卖的人说得一文不值，伤了我的职业自尊心。

“‘巴西特先生，你送给我钱我不会要。’我对他说，‘但今天晚上你用不正当手段捞走了这地方的钱，我们留在这一带有危险。如果你让我跟你一道走，离开危险地带在路上花你一点钱，我倒十分感谢。’

“比尔·巴西特同意这样做。我们往西走，赶早搭上一辆火车，太平无事了。

“火车开到亚利桑那州一个叫洛斯佩雷斯的小城后，我对比尔说我们不妨再碰碰运气。这地方是我师父蒙塔古·西尔弗的老家，现在师父已经歇业。我知道，如果我能指给他看一点在附近嗡嗡叫着飞来飞去的苍蝇，师父都有办法使我利用这只苍蝇捞到钱。比尔·巴西特说，他主要在夜里干活，对他来说哪个城镇都一样。于是我们在洛斯佩雷斯下了车。这小城很漂亮，在产银区。

“我想好了一条小小的妙计，是买卖人的暗器，要一扔便打中巴西特的耳根。我不打算趁他熟睡时拿走他的钱，而是准备留给他一张使他忘不了四千七百五十五元的教训的彩票，估计我们下火车时他的钱是这个数目。然而，我一开口试探叫他以钱生钱，他几句话就叫我碰了壁。

“‘彼得斯大哥，’他说，‘你说的到哪个企业去闯闯的主意不坏。我想我也愿意，不过呢，即使我去，你别怪我苛刻，那企业的董事会别人都不能来，只能由罗伯特·伊·友尔里和查理·费尔班克斯当董事[①]。’

“‘我以为你会拿钱周转。’我说。

“‘我常会转，晚上我不能老侧在一边睡。彼得斯大哥，告诉你吧，我打算开一个扑克赌场。骗人钱财得费口舌，比方说卖打蛋器，或者到巴纳姆和贝利的马戏场[②]里推销只能给马戏团当锯木铺地用的麦片之类早餐吃的东西，都要叫得口干舌燥。如果开赌场，’他说，‘虽然比偷银调羹利润小，但是比到沃尔多夫-阿斯特利亚义卖场卖抹笔器强。’

“我说：‘这么看来，巴西特先生，该办什么我有个小小的主意你会愿意听听吧？’

“他说：‘你就是办个巴斯德[③]研究所，也得离开我住的地方五十英里。我难得上钩。’

“于是，巴西特在一家酒店的楼上租了间房，置办了些家具和用具。当天晚上，我到蒙塔古·西尔弗家，借了二百元本钱。从他家出来，我去洛斯佩雷斯镇唯一一家卖纸牌的商店，把店里的牌全买了下来。第二天上午这家店开门时，我就赶到那里把牌又拿去，说本要跟我合伙的人变了主意，我想把牌再卖掉。店主用半价收了回去。

“的确，我这次亏损了七十五元。但是头天晚上拿到牌后我

---

① 罗伯特·伊·皮尔里（1856—1920），美国探险家，于1909年到达北极。查理·费尔班克斯（1852—1918）在1908至1909年间担任美国副总统。

② 贝利（1847—1906），美国马戏团老板，后与巴纳姆合伙营业。

③ 巴斯德（1822—1895），法国化学家及细菌学家，曾发明狂犬病预防接种法及牛奶杀菌法。

在每一张上都做了暗号。这是要花力气的事。然而做买卖是先出后进的事，我泼出去的水变成油又收了回来。

“当然，到比尔·巴西特的赌场头一批买筹码的人中就有我。全镇的扑克就那么多，我全买了来，每张牌背面的秘密我都一清二楚。理发师给我理过发后用两面镜子把后脑勺照给我看，但我对自己后脑勺的底细还不及对纸牌背面的底细清楚。

“赌场关闭时，我手中的钱有五千挂零，比尔·巴西特输得只剩他的流浪癖和买来作吉祥物的黑猫[①]。我走时比尔和我握了手。

“‘彼得斯大哥，’他说，‘做买卖的本领我生来没有，注定了要卖苦力。第一流的小偷凭着根小钢钎想称王简直是不知天高地厚。你玩牌老练，高明。’他说，‘祝你万事如意。’从那以后，我再也没见到过比尔·巴西特。”

听这位好汉不住嘴一口气讲完了他的事迹，我说道：“杰夫，这笔钱你得好好守着。等有一天你洗手不干，找个正经归宿时，这笔钱是可观——是数额巨大的资本。”

“我吗？你放心，这五千块跑不了。”杰夫蛮有把握地说道。

他得意扬扬，拍拍上衣的胸口。

“全换成了金矿股票。”他说，“每股一元。一年之内肯定上涨百分之五百。又没任何其他开销。布卢戈弗金矿，一个月前发现的。你手头如果有余钱最好也去买。”

我说：“有时候这些矿石……”

---

① 美国小说家爱伦·坡（1809—1849）曾写过一篇短篇小说《黑猫》。小说的主人公害死了养的黑猫，后来黑猫显灵报复，使主人家产被一把火烧尽，本人也在大火中身亡。欧·亨利在此处用的是反语，黑猫实际上不是吉祥物，而是凶兆。

“这个矿可靠得很。”杰夫说，“价值五万的原矿到了手，每月盈利保证有百分之十。”

他从口袋里抽出一个长信封，扔到桌上。

“我随身带着。”他说，“这一来，小偷偷不了，投机倒把的人也插不了手捞一把。”

我看着那些印得漂漂亮亮的股票。

“哦，是在科罗拉多的那个。”我说，“我问你，杰夫，到丹佛的那个矮个子，就是你和比尔在车站遇到的人，他叫什么名字？”

“这王八蛋叫阿尔弗雷德·伊·里克斯。”杰夫说。

我说：“这家矿产公司总裁的签名是阿·尔·弗雷德里克斯。恐怕……”

“让我看看股票。”杰夫忙说，几乎是一把从我手上抢过去的。

为了多多少少缓和一下这尴尬局面，我叫服务员再送瓶巴伯拉酒来。我觉得我只能这样。

麦琪的礼物

一块八毛七，就这么些钱，其中六毛是小铜币，一个子儿一个子儿在杂货商、菜贩、肉店老板那儿硬赖来的，每次闹得脸发躁，心里明白买东西这样斤斤计较免不了暗地里被人耻笑。德拉数了三遍，数来数去还是一块八毛七，而第二天要过圣诞节。

除了扑到寒酸的小床上痛哭一场外，还能怎样呢？德拉这一哭叫人顿生感慨，觉得人生就是哭哭笑笑，以哭为主。

趁这家人家的女主人哭声渐渐小了，我们来看看她的家。一套带家具的公寓，每星期租金八元。虽然没真正到破烂得难以形容，看上去倒也称得上叫花公寓。

楼下的过道里有个信箱，却绝不会有信放进去；还有个电铃按钮，那要等神仙下凡来了才会按响。另外还有张名片，上书“詹姆斯·迪林厄姆·杨先生”。

“迪林厄姆”几个字是名片主人在过去每星期挣三十块钱的好时光里心血来潮加上的。现在收入减少到了二十块，这几个字也变得模糊，仿佛是真想打退堂鼓。尽管如此，每当詹姆斯·迪林厄姆·杨先生回家走到自己楼上的房间，詹姆斯·迪林厄姆·杨太太，也就是前面提到的那位德拉，总是亲切地叫他“吉姆”，还紧紧拥抱他。这当然是件好事。

德拉哭过以后往脸上扑了一点点粉。她站在窗口朝外望，见到一只灰猫在一户灰蒙蒙的后院的灰色围篱上走，便呆呆看着。第二天就是圣诞节，她给吉姆买礼物的钱却只有一块八毛七。她一个铜板一个铜板地积攒了好几个月，还只积到这个数目。二十块一星期不好花，开销比她估计的大，周周如此。给吉姆买礼物的钱只有一块八毛七！那可是她的吉姆！给吉姆买点好东西的如意算盘她已打了好多次，要买件漂亮、不寻常、珍贵的。就是说，既然是送给吉姆，这件东西总还得像个样。

房间的两扇窗户间有面穿衣镜。八块钱一套的房间里的穿衣镜你也许见过。一个瘦而灵活的人迅速一晃，靠接踵而过的长条片断影像，能大致准确看出自己的模样。德拉身材苗条，已掌握了这套本领。

她突然旋风般从窗口转到镜子前站着。她的眼变得闪亮，脸却失去血色，过了整整二十秒才复原。她三下两下解散头发，让它全披落下来。

现在詹姆斯·迪林厄姆·杨夫妇引为自豪的财宝有两件。一件是吉姆的金表，他祖父传给他父亲，他父亲又传给了他。另一件是德拉的长发。如果希巴女王①也住公寓，只相隔一条通道，德拉哪天把一头秀发披到窗外一晾，女王陛下的珍宝、礼物便会相形见绌。如果所罗门王把他的财宝堆在地下室，自己充当看门人，吉姆每次从门前过时一亮出他的表，所罗门王便要嫉妒得直扯胡须。

德拉的一头秀发披散开来光闪闪金灿灿，好似一道金色的瀑

---

① 希巴是阿拉伯南部古国，今也门所在地，因香料、宝石买卖昌盛而闻名。《旧约·列王纪上》记载，希巴女王曾带许多香料、宝石觐见所罗门王。

布。头发拖过了膝盖，又似加在她身上的长衫。接着她赶快又盘起来，六神不安。她稍一犹豫，站着没动，一两滴大泪珠就溅落到了破红地毯上。

她穿上旧棕色上衣，戴上旧棕色帽，摆动长裙，脚步轻轻走出房间，下了楼，来到大街，眼里晶莹的泪花还在闪烁。

她走到一家店铺，招牌是“索弗罗尼夫人发制品店”。德拉跑步上了一段阶梯，气喘吁吁，好不容易才定下神。那位夫人个子大，白得出奇，一副面孔冷冰冰，叫索弗罗尼名不副实[①]。

“我的头发你买吗？”德拉问。

“我买头发，”女店主说，“你把帽子取下来，让我看看头发什么样。”

一头金色瀑布般的秀发披落下来。

女店主用一只老练的手托起头发，说：“值二十块。”

“快拿钱来。”德拉说。

啊，终于有了！接下的两个钟头是长着玫瑰色翅膀飞过的——我真是在乱用比喻，就只当我没说。反正，为了给吉姆买礼物，德拉四处搜索商店。

终于，她搜索到了。这东西无疑是为吉姆一人特制的，哪家店的礼物都比不上，她已把所有店上上下下找遍了。那是根白金表链，款式简朴，不以外表装饰而单靠本身质地就能显示其身价。但凡好商品都应该如此。甚至，它与金表也相配。德拉一眼看到就知道它注定要归吉姆。这东西与吉姆一样，朴实无华，惠在其中：这样形容两者都当之无愧。店里以二十一元的价格卖给了她。她匆匆赶回家，还剩下八毛七。金表配上这条表链，吉姆

---

① 索弗罗尼是意大利诗人塔索（1544—1595）所作史诗《耶路撒冷的解放》中的人物，舍己救人的典型。

在任何场合都可以大大方方看时间。金表虽然华贵，但他没有表链，仅用根旧皮带子，有时只好偷偷看时间。

德拉回家以后没那么飘飘然，冷静和理智多了。爱情使她慷慨献出了头发，现在她拿出卷发钳，点着煤气，做善后工作。亲爱的朋友，善后工作是件难上加难的工作——一件了不起的工作。

没出四十分钟，她头上盖满紧贴在头皮上的小发卷，活像一个逃学的学生。她对着镜子，左看右看，照了又照。

"吉姆一看不把我宰了也会说我是科尼游乐场的歌舞女。"她自言自语着，"可是我有什么办法呢？哎，就一块八毛七，还能买什么？"

晚上七点，咖啡煮好了，炉子上的煎锅也已经烧热，只等下牛排。

吉姆从来没晚回过家。德拉把白金表链对折着攥在手心里，在靠近他必经之门摆着的桌子的一个角上坐了下来。刚坐下就听到了吉姆开始上楼的脚步声，她脸唰地一下白了。她有个习惯，就是对每天微不足道的小事，都会默默祷告几句。于是，她在心里念着："上帝保佑，他还会觉得我漂亮！"

门开了，吉姆走进来后随手又关上。他显得消瘦，表情严肃。可怜这人，才二十二岁，就背上了家庭的包袱。他得买件新大衣，又没有手套。

进门后他站住了，一动不动，像是长毛猎狗嗅到了鹌鹑味。两只眼死死盯着德拉，眼里的表情她看不明白，只觉得害怕。那是既非愤怒，也非惊奇，甚或不赞同或厌恶的神情，与她预料中的任何一种表情都不一样。他目不转睛地盯着她，脸上的神情异样。

德拉慢慢地、慢慢地从桌子上站起身，向他走去。

“吉姆！”她大声喊了起来，“别这样看我，亲爱的！我把头发剪了，卖了，因为不给你买件礼物圣诞节我没法过。头发还会长，你不会往心里去，对吗？我是没办法才这样做的。我的头发长得飞快。吉姆，说一句‘圣诞快乐’，我们高高兴兴过个节吧！你还不知道我给你买了一件多好，多漂亮的礼物。”

“你把头发剪啦？”吉姆不解地问道，仿佛他绞尽了脑汁也没弄明白这件明明白白摆在眼前的事。

“剪下卖啦，”德拉说，“现在这个样子你不喜欢吗？剪掉头发，可我还是我，对吗？”

吉姆好奇地往四下里瞧。

“你说你的头发已经没有啦？”他问，神态几乎是痴痴呆呆的。

“你用不着找，”德拉说，“我告诉你，卖都卖掉啦——卖掉没有啦！亲爱的，今晚是圣诞前夜。原谅我，头发是为了你卖掉的。我头上的头发还能数清有多少根，可是我对你的爱谁也没法数。吉姆，我去做牛排好吗？”突然，她的语气变得严肃且带着温柔。

吉姆似乎一下从恍惚中清醒过来，他紧抱着德拉。现在暂且按下他们俩不表，先让我们抽十秒钟时间清醒地思量一下一个与他们俩无关的问题：每周八块钱与每年一百万有什么差异？数学家与智者都会给你错误的答案。东方三贤人曾送过珍贵的礼物[①]，但礼物中没有这个问题的答案。这句晦涩的话是什么意思，诸位

---

① 典出《马太福音》二章一节及二章七节至十三节。耶稣在马厩出世时东方三贤人梅尔邱、加斯拍、巴尔撒泽分别送来象征富贵的黄金，象征神圣的乳香及预示耶稣最终要遇难的没药。

看了后文自会明白。

吉姆从大衣口袋里掏出一包东西扔到桌上。

他说："你千万别误会。剪发也好，修脸也好，洗头也好，那有什么关系？我都会同样爱你。你把那个包打开看看，就会明白刚才我见到你为什么会有那种表情。"

德拉白嫩嫩的手一下就解开系绳，打开了包。她顿时高兴得叫了起来。然而，唉，女人善变，她又号啕大哭了。这一来，她丈夫得使尽浑身解数安慰她。

原来，包里包着的是发梳——一整套发梳，两鬓用的，后脑用的，应有尽有，就是德拉在百老汇一家商店橱窗里看得都舍不得离去的那套。漂亮极了，纯玳瑁的，上边镶着珠宝，插在她那头秀发上颜色再相称不过。这套发梳价格昂贵，她从心眼里喜爱，却压根儿没想买过。现在发梳已经到手，但是长发却没有了！

她把发梳紧紧贴在胸口，好不容易才眼泪汪汪地抬起头来，露出了笑容，说："吉姆，我的头发长得快！"

接着，德拉像只被烫着的小猫般跳起来，大声嚷嚷："哎呀，哎呀！"

吉姆还没见到给他买的漂亮礼物呢！她一摊手掌，把礼物亮了出来。那无知无觉的贵重白金亮闪闪，似乎是在反射她那幸福的、充满热情的心的光辉。

"不是好极了吗，吉姆？我跑遍了纽约才买到。现在你一天得看一百次表。把表给我，让我看看它配上了表链有多漂亮。

吉姆没有照她说的办，而是歪倒在床上，用双手枕着头，笑了。

"德拉，我们把圣诞节的礼物收起来，暂时保存好，两件东西都太宝贵，但现在用不着。我给你买梳子没钱，就把表卖了。现在你就去烧牛排吧。”他说。

诸位知道，三贤人是智者，拥有大智慧，到马厩里给圣子送来了礼物，从而开创了送圣诞礼之风。由于他们是智者，无疑他们的礼物便是智慧的结晶，还意味人们互馈互赠理所当然。鄙人在本篇给诸位讲述的只是公寓里两个傻乎乎的年轻人平淡无奇的事，他们太缺少智慧，为了对方竟然白白牺牲了家中至宝。但最后让我对当今的聪明人说一句：在所有送礼的人中，这两人却又是最聪明的；在所有接受礼物的人中，像他们那样的人是最聪明的。无论海角天涯，他们都是最聪明的。他们就是圣贤。

婚姻学的真谛

“我早对你说过，我素来不大相信女人有什么诡诈。”杰夫·彼得斯说，“叫她们合伙玩点最小的名堂都靠不住。”

“你说得对，”我答道，“我看把她们叫作老实人她们当之无愧。”

“那可不？”杰夫说，“自有男人替她们玩诡计，要么就拼死拼活干。只要不真动了感情，或者要顾脸面，她们做事还算可以。但一到了那种时候，那你瞧吧，你宁可另找个笨手笨脚、胡子拉碴、干粗活可又守本分、有房子、还放得出债的男人。我给你举个寡妇的例子。我和安迪·塔克在开罗[①]开了个小小的婚姻介绍所，请了个寡妇帮忙。

“要是你有登广告的钱，比方说碗口粗细的一卷钞票，办婚姻介绍所准有利可图。我们的本钱是六百元，过两个月能翻一番。我们没领新泽西州的执照，买卖也只能做这么长时间。

“我们拟了条广告，这样写的：

“某女，丧偶，三十二岁，貌美，爱家，有现款三千，乡村

① 此处的开罗并非指埃及的开罗，而是指美国伊利诺伊州的开罗。美国伊利诺伊等八州均有一城市名为开罗。

产业甚厚。欲再婚，念卑贱者往往忠厚，故宁择家贫而情笃者。年龄、相貌不拘，务须忠实，善理财。来信请写明详情，寄伊利诺伊州开罗彼得斯-塔克事务所。

“杰作完稿后我说，现在想倒是想得够绝啦，但上哪儿弄这么个女人呢？

“安迪满不在乎，白了我一眼，说：

“‘杰夫，没料到你干这一行还要当真。哪儿用得着找人？华尔街卖空头股票哪会真有什么资本？征婚启事与人有什么相干？’

“‘听我说，安迪，’我答道，‘凡是干违法的事，我的买卖都得实实在在有货，见得着拿得出。我守着这条规矩，还细细研究市政府的法规和火车时刻表，所以从没惹出祸来。如果闹出大事，不是让警察罚五六元钱或者递上支雪茄能了结的。要想办这件事非得拿出个寡妇或者别的单身女人不可。至于相貌好丑，有无罗列的那一堆产业和别的家当倒没关系，不然，以后到治安员那儿难过关。’

“‘那也好，万一邮局的人或者治安员查起我们的事来，会少些麻烦。’安迪想了想后说，‘不过，你上哪儿去找一个愿意为不征婚的征婚启事白费时间的寡妇呢？’

“我告诉安迪，我知道有这样一个合适的人物。我有位老朋友，叫齐克·特罗特，原来在杂耍场表演喝汽水的怪相。平常他总是灌黄汤灌得醉醺醺，一年前有次没灌好，吃了老医生治消化不良的药，让老婆成了寡妇。我以往常去他家，现在找他老婆帮帮忙料想不难。

“特罗特太太住在六十英里外的一个小镇上，于是我连忙跳上车就赶到那儿，发现她仍住在原来的小房子里，屋外还种着向日葵，连大公鸡都照旧站在洗衣盆上。我们为征婚启事物色到她要算绝妙，只是其相貌、年龄、财产与启事上说的也许有出入。然而，她还算看得过去。再说，让她当这个角色也不是白干，对得起齐克。

“她听说我们的意图后问道：‘彼得斯先生，你们干的这事正当吗？’

“我答道：‘特罗特太太，我和安迪·塔克测算过，全国地盘这么大，见启事上说你漂亮，有现金，又有产业，大概三千人会来应征。你等着瞧吧，这三千人里有三千零一个是懒汉，或者是见钱眼开的人，或者是倒霉鬼、骗子、存心不良搞钱财的家伙。’

“‘我和安迪打算好好教训社会上的这群寄生虫。照理我们真该成立一家名叫‘大德大罪婚姻介绍所’。你这总明白了吧？’

“‘明白啦，彼得斯先生。’她说，‘我原来也想你们不是要干什么坏勾当。但你们要我做些什么事呢？是给你说的这三千人一个个回信呢，还是一帮一帮往外撵？’

“‘其实只需要挂个名，特罗特太太。’我说，‘你往一家安安静静的旅馆里一住，就什么事也不用管了。处理信件等等工作，全由我和安迪包下。’

“‘当然，也有些急性子冒失鬼，又凑得起买张车票的钱，上门来求婚或者试探试探。遇上这种人就只得麻烦你当面拒绝。我们每星期给你二十五元，负担全部旅馆费用。’

“‘我这就去拿粉扑，把大门的钥匙交给邻居，过五分钟你就得开始算我工钱。’特拉特太太说。

“于是我把她带到了开罗，让她住在一家很舒适的旅馆里，地点离我和安迪的住处不远不近，既方便，又不致引起怀疑。然后我把经过告诉了安迪。

“‘好极了！’安迪说，‘现在人有了，又在近处，你就安心吧。事不宜迟，我们放下钓饵等鱼上钩吧。’

“我们立即在全国各地报纸登征婚启事，只登了一次，并不想弄得应接不暇，兴师动众，免得露出马脚。

“我们把两千美元以特罗特太太的名义存入银行，存折拿给了她。如果有人怀疑代理人的话是否诚实可靠，她随时可拿出来看。我知道特罗特太太诚实可靠，把钱存在她名下万无一失。

“征婚启事只登了一次，我和安迪每天就要花十二小时复信。

“每天来信有一百封。全国人穷志大，争着娶一个漂亮寡妇，愿担起给她当家理财重担的人竟如此之多，远远超出了我的预料。

“大多数人说自己上了年纪，丢了饭碗，怀才不遇，但每个人都表示自己重感情，是堂堂男子汉，征婚人嫁给他一辈子上算。

“凡来信者都得到了彼得斯-特罗特事务所的答复，说征婚人看了他们坦率而热情的来信深受感动，请他们再写信说明详情，如果方便还请附上照片。事务所还告诉应征人，寄第二封信时应随信附给当事人两元钱。

“这条妙计的好处各位可想而知。那帮不三不四的先生十有八九要筹措到这个数目寄来，真可谓财源滚滚，只是我和安迪嫌拆信取钱麻烦，牢骚不少。

“也有极少数亲自来访，我们便把他们打发到特罗特太太那儿，让她去收拾他们。后来乡下的免收邮资信件也到，安迪和我一天的收入有两百来元。

“一天下午，我们忙得不可开交，我在把一元、两元的钞票往烟盒里塞，安迪哼着《她结不了婚》的歌，一个滑头滑脑的小个子走了进来。他两眼往四周墙上一扫，像是家里有什么名画被盗，找到了我们这儿。我一见他不由得洋洋得意，反正我们干的事可谓天衣无缝。

“‘今天的信看来不少哇！’来人说。

“我伸手拿起帽子。

“‘来吧，’我说，‘我们一直在等着你。我带你去看看货。你从华盛顿来时总统大人身体可好？’

“我把他带到望江旅社，介绍给了特罗特太太。接着，给他看了存在她名下的两千元钱的存折。

“‘看来还规矩。’来的侦探说。

“‘那当然，’我说，‘可惜你结了婚，要不然，就让你与她谈谈，那两元钱没关系。’

“‘多谢多谢！’他说，‘没结婚准要谈谈。再见，彼得斯先生。’

“还不到三个月，我们的收入已超过五千元，该收手了。对我们表示不满的人已经不少，特罗特太太也似乎感到厌烦。登门求见的人络绎不绝，惹得她不大高兴。

“于是我们决定撤兵。我去特罗特太太住的旅馆付给了她最后一星期的酬金，向她告别，同时取回那两千元存款。

“到那儿一看，只见她大哭着，像个赖着不肯上学的孩子。

“‘这是怎么回事？是有人欺负了你，还是想家？’我问。

“‘都不是，彼得斯先生。’她答道，‘我对你实说了吧。你是齐克的好朋友，对你说没关系。彼得斯先生，我爱上了一个

人。我爱他，要是不能跟他结婚，我也不活了。我日日夜夜想的就是这种人。’

“‘那你就结呗，’我说，‘两相情愿就结婚。你说你对他那么痴情，是不是他对你也有意呢？’

“‘有！’她说，‘不过他是见了报纸上的征婚启事才来找我的，一定要我给他那两千元才肯跟我结婚。他名叫威廉·威尔金森。’接着她又大哭起来，为了爱情激动得大发神经。

“‘特罗特太太，女人得了相思病我最同情。再说，你原来也是我最要好的朋友的终身伴侣。如果我一个人能说了算，那我会痛痛快快把钱给你，让你跟着你看中的人快快活活过日子。’

“‘这笔钱我们贴得起，那些想与你结婚的家伙已经让我们捞到了五千多。不过，总得与安迪·塔克商量商量。’我说。

“回到住处后，我把事情告诉了安迪。

“‘我早知道会有今天，’安迪说，‘凡是会引起女人动感情的事，你绝不能指望她们与你老是一条心。’

“‘安迪，这是件麻烦事。想想吧，是我们引得一个女人伤了心。’我说。

“‘没错，’安迪说，‘杰夫，我看这样办吧：你一贯心肠好，大方，也许我倒太狠心，世故，多疑。这次我破例答应按你的办。告诉特罗特太太，叫她把两千元从银行取出来，交给她迷上了的人，快快活活去过日子。’

“我跳起来，握着安迪的手，五分钟没有放。然后，我回到特罗特太太那儿，把好消息告诉了她，这次她高兴得哭了，与伤心时一样哭得厉害。

“两天以后我和安迪收拾行李准备上路。

“‘你不去看看特罗特太太再走吗？’我问他，‘她很想认

识你，向你表示感谢，还说了几句称赞的话。’

“‘没这个必要了。’安迪说，‘我看我们还是抓紧时间赶车好。’

“照老规矩，我把钱捆到贴身腰带里，安迪突然从口袋里拿出一大沓钞票，叫我一道捆上。

“‘这是什么钱？’我问。

“‘是特罗特太太的两千元。’安迪说。

“‘怎么到了你手上？’我问。

“‘是她给我的。’安迪说，‘每星期我有三个晚上去她那儿，一个多月来都这样。’

“‘这么说威廉·威尔金森就是你？’我问。

“‘正是。’安迪说。”

二十年后

一位巡警在马路上威风凛凛地走着。他的威武是习惯成自然，而不是摆给人看的架势，因为街上的行人已少而又少。时间还不到夜晚十点，但眼见要下雨，冷风一阵紧似一阵，马路上已是空空荡荡了。

他边走边一家家打量，还不时转过头，用警惕的目光向平静的通衢大道两头远望，那甩警棍的动作多姿多彩，再加上体格魁梧，却不带傲气，看起来是好一个太平天下的卫士形象。这一带收市早。你偶尔看到还亮着灯的店要么是烟店，要么是通宵餐馆，大多数店铺早早就关了门。

走到一个路段的正中时，警察突然放慢了脚步。一家灭了灯的五金店门口，有个男子斜靠门站着，嘴里叼了根烟，并没点着。看到警察走过来，他抢先说话了。

“没事，警官，我在等一位朋友，”他镇定自若地说，“二十年前约好现在相见。你听了觉得奇怪，是吗？你要是不放心呢，我可以把事情说给你听听。二十年前，这家店是一家餐馆，叫大乔·布雷迪餐馆。”

“餐馆早五年就没有了。”警察说。

站在店门边的人划着了根火柴点烟。火柴光一照，只见这人长着个方下巴，脸色发白，目光倒炯炯有神，右边眉毛附近留着个小白伤疤。领带扣针歪别着，上面镶着颗大钻石。

那人说："二十年前，我跟吉米·韦尔斯在这儿的餐馆吃饭。他是我最要好的哥儿们，世界上顶呱呱的小子。我们是在纽约长大的，亲亲热热像兄弟俩。我十八岁，吉米二十岁。第二天我要去西部闯荡。在吉米看来，天下似乎只有一个纽约，你就是拽也无法把他拽出纽约。那天晚上我们约定，就从那一天那一刻算起，整整二十年后在这地方再会面，不论我们的处境如何，也不论要走多远的路。我想，过了这二十年，好歹各人也该知道了自己的命运，混出了点名堂。"

"这事倒挺新鲜。时隔二十年才又见上一面，未免太久了点。分手以后你知道你朋友的消息吗？"警察问。

那人答道："说起来我们也有过一段书信往来，但过了一两年便断了联系。你知道西部那边地方有多大，而我来来往往又行踪无定。但是我知道要是吉米还活着，准会上这儿来找我。要说忠诚可靠，这老兄天底下数第一，他决不会忘。今天晚上我千里迢迢跑到这家店门口等着，如果老朋友当真来，跑这一趟值得。"

等朋友的人掏出块漂亮的表，表面上镶着小宝石。

"十点差三分，"他说，"我们在餐馆分手的时间是十点整。"

"你在西部混得还不错吧？"警察问。

"你猜对了！吉米要是比得上我一半就算他不赖。他是个大好人，就是迟钝了点。我发财可也不容易，非多长几个心眼不可。在纽约什么都要守着老套，人要开窍得到西部去。"

警察甩着警棍，又开步了。

“我得走啦！希望你的朋友真能来。到时候没来你就走吗？”

“不会。”他说，“我至少等他半个钟头。如果吉米还活在这世上，等半小时他准来。再见，警官。”

“再见，先生。”警官说着又继续巡逻，边走边一家家打量。

这时冷飕飕的毛毛雨降了下来，原来风一阵阵吹，现在是不停地吹。这一带为数很少的几个行人把大衣领翻上来，手插进口袋里，加快脚步，默默赶路，自认倒霉没赶上好天气。五金店门口的那个人抽着烟还在等。他千里迢迢来赴年轻时朋友的约会，干这种完全没准的事可说是荒唐。

他等了约莫二十分钟后，一位高个子大步流星穿过马路径直朝他走来。这人穿着长外套，衣领翻上来盖住了耳朵。

“鲍勃，真是你吗？”来者不敢相信地问道。

“吉米·韦尔斯，你来了呀！”站在门边的人高声叫了起来。

“哎呀呀！”刚来的人也高声叫，一把抓起对方的两只手，“果然是鲍勃。我知道只要你还活着，一定会上这儿来。哟，哟，哟，二十年，可不算短呀！鲍勃，原来的餐馆已经没有了，要是还在就好，我们可以到里面再吃上一顿。在西部混得怎么样，老弟？”

“好极啦！我想到手的都到手了。吉米，你变了很多。奇怪，你怎么又长了两三寸呢？”

“是呀，满二十后我又长了些。”

“你在纽约怎么样，吉米？”

“还过得去。我在市里的一个部门谋了个位置。鲍勃，走吧，我们到一个熟悉的地方去畅谈往日的事情。”

两人手挽手沿马路走着。从西部归来的那个志得意满，讲起这些年的作为。另一个把头缩在大衣领里，津津有味地听。

十字路口有家药房，仍灯火辉煌。到了灯光下，两人同时转身瞪大眼看着对方的脸。

从西部来的那个突然站住了，松开手臂。

“你不是吉米·韦尔斯！”他惊叫起来，“二十年的时间的确长，但再长的时间也不会把鹰钩鼻变成个扁鼻子。”

“二十年足可以把一些好人变成坏人，”高个子说，“鲍勃，你已经被捕十分钟了。芝加哥认为你可能上我们这儿来，打了电报说想与你谈谈。放老实点，知道吗？老实才聪明。有人叫我带张条子给你，看完了我们再去局里。你到那儿窗子下看，是巡警韦尔斯写的。”

从西部来的人打开交给他的小纸条。开始看的时候他的手还正常，但到看完时却抖得厉害。条子上只写了几句话：

鲍勃：我准时到了约定地点。你划着火柴点烟时我发现你原来是芝加哥通缉的罪犯。我不便自己动手，便找了位便衣代劳。

吉米

最后一片叶

华盛顿广场往西有一小片地区的街道横七竖八，像乱摊着的小布条，名曰“胡同区”。这些胡同拐弯抹角，叫人摸不着头脑，甚至一条胡同会自身交叉一两回。有一次，一位画家发现，这种小巷也有一种难能可贵之处。要是有谁上这儿来收颜料、纸张、画布钱，会沿街转回老地方，连一分一文都收不着！

难怪，没多久那些搞艺术的人便纷至沓来，云集又古又怪的格林尼治村[1]。他们图房租便宜，专找窗户朝北的房间，十八世纪山形墙屋和荷兰式小阁楼。又从六马路买来几只大圆筒形锡杯，一两只火锅，立起了“门户”。

休易与乔安西两人的画室就是在一栋矮墩墩的三层砖房的顶层。乔安西昵称为乔安娜。两人一个是缅因州人，一个是加利福尼亚州人，首次相逢是在八马路德尔蒙尼克饭店的餐桌上。她们同样爱好艺术，同样吃着凉拌菊苣，同样穿着大袖管衣服，这样一来，便合租了一间房作画室。这是五月间的事。

到了十一月，一位冷酷、看不见的不速之客闯进了这一带，伸出只冰凉的手今天碰碰这个，明天碰碰那个。医生称这位客人

① 纽约西区的一个地方，住的人多为艺术家、作家。

为“肺炎”。在广场以东，这瘟神简直横行无忌，害起人来一动手就几十，但走到长着青苔、迷宫似的“胡同区”，他放慢了脚步。

你绝不会说肺炎先生是位老侠士。让加利福尼亚州的和风都吹得没了血色的小个子女人哪会经得起喘粗气的老糊涂的铁拳？而他偏偏就打了乔安西。乔安西躺在油漆铁床上没有力气动弹，两眼呆望着荷兰式小窗对面的砖墙。

一天上午，那位忙碌的医生皱皱灰色浓眉，把休易叫到过道里。

“现在十成希望只剩下一成。”医生一边甩下体温表里的水银一边说，“这成希望取决于她抱不抱活下去的决心。遇上一心想照顾棺材店生意的人，纵有灵丹妙药也不顶用。这位小姐已经认定自己再也好不了。就不知她还有什么心事吗？”

“她——她希望有一天能去画那不勒斯湾。”休易答道。

“画画？你扯到哪儿去啦！我是问她心里有没有还留恋的事。比方说，心里还会想着哪个男人。”

“男人？男人还会值得她想？”休易的声音尖得像单簧口琴，“没这种事，医生。”

“那就麻烦了。”医生说，“我一定尽力而为，凡医学上有的办法都会采用。但是如果病人盘算起会有多少辆马车送葬来，药物的疗效就要打个对折。要是她能问起今年冬天大衣的衣袖时兴什么式样，那么我对你说吧，她的希望就不是一成，而是两成。”

医生走了以后，休易到画室里哭了一场，把整条日本餐巾都哭湿了。哭过后，她拿着画板昂首阔步走进乔安西的房间，还一边吹口哨，吹音律多的切分音。

乔安西脸朝窗躺在被窝里，一动没动。休易以为她睡着了，就赶忙不吹了。

她摆好画板，开始替杂志社作小说的钢笔画插图。年轻作者要踏上文学之路得先替杂志社写短篇小说，美术工作者要闯出艺术之路得先替杂志社画小说的插图。

小说的主人公是爱达荷州的牛仔，休易在画主人公穿的漂亮马裤和单眼镜时，好几次听到一个微弱的声音。她赶紧走到床边。

乔安西睁大着眼在望窗外，边数数，是倒着数的。

“十二，”她数着。过了一会儿，“十一。”又过了会儿，“十。”“九。”又过了会儿，“八。”“七。”两个数几乎是接着数。

休易觉得奇怪，看着窗外。有什么可数呢？见到的只是个空荡荡的冷落院子和二十英尺外一栋砖房的墙。一根老而又老的藤扒在墙上，有半堵墙高，巴巴结结，靠近根部的地方已经萎缩，藤叶几乎全被冷飕飕的秋风吹落，只剩下光秃秃的枝干还紧贴在破败的墙上。

“怎么啦？”休易问。

“六，”乔安西又在数，声音低得几乎听不见，“现在落得快了。三天前还有将近一百，叫我数得头发痛。现在容易。又掉了一片，只剩下五片。”

“五片什么？快跟我说。”

“五片藤叶。那根藤上的。等最后一片掉下来，我也就完了。早三天我已经明白。难道医生没对你说？”

“快别胡思乱想啦！”休易觉得这太荒唐，不屑一顾地说，“一根老藤上的叶子跟你的病好不好得了有什么相干！丫头，别乱来，就因为你平日里喜欢那根藤。不要这么傻里傻气。今天上午医生还对我说，你很快好起来的希望是——让我想想他是怎么说的——对啦，他说你的希望有九成！想想看，这可以比作我们到了纽约有可能坐电车，或者走路时遇上一栋新房子。来，喝点儿汤，喝了我就再画画，卖给编辑，得了钱给你这病娃娃买名牌紫葡萄酒，再买点猪排，给我自己解馋。”

“葡萄酒用不着再买，”乔安西说，眼睛还盯着窗外，“又掉了一片。汤我也不要。只剩下四片叶子了。要是天黑前我看到最后一片掉下来就好，见到了我也好闭眼。”

“乔安西，你听我的，闭上眼睛，别再看窗外，等我把这幅插图画完，怎么样？”休易弯下身对她说，“这些画明天等着交。画画光线得好，要不然，我就会把窗帘放下。”

“那你不能到别的房间画？”乔安西没好气地反问。

“我得在这儿陪着你。再说，我也不能让你看着几片藤叶发傻气。”休易答道。

“那你画完了得告诉我，我想看着最后一片飘下来。”乔安西边说边闭上眼睛，脸惨白，躺着不动，像尊倒下的石膏像，“我不愿再等，也不愿想什么。我什么都不要了，只愿像一片没有了生命力的败叶一样，往下飘，飘。”

“安心睡会儿吧，”休易说，“我画退隐的老矿工要个模特儿，得找贝尔曼来。我只出去一会儿。别动，等我回来。”

贝尔曼老头也能画画，就住在下面一楼。他已年过六旬，头像希腊神话中半人半兽的森林神的，身子像小鬼的，胡须像米开朗基罗的摩西雕像[①]，鬈曲着从头顺身子往下垂。他作画没搞出个名堂来，挥舞了四十年的画笔，却连艺术女神的长衫边都没碰

① 米开朗基罗（1475—1564），意大利画家、雕塑家、诗人、建筑师。摩西雕像是他在罗马教皇朱利二世墓上雕刻的像。

着。他一心要画出个惊人之作，但至今还没开笔。近些年除了涂涂抹抹弄一张商业画或广告画，他什么也没搞，就靠替这一带请不起职业模特儿的年轻画家当模特儿挣几个钱。他喝起杜松子酒来没有节制，还不停叨念要搞惊人之作。此外，这小个子老头像个凶神恶煞，谁软绵绵的就瞧不起谁，自诩为保护楼上两位年轻画家的看家猛犬。

休易去时，贝尔曼果然在楼下他那间又暗又邋遢的房间里，浑身杜松子酒气冲天。屋角里画架上绷着块白画布，就等画上幅惊人之作，但等了二十五年还是一笔未画。休易告诉他，乔安西在胡思乱想，把自己比作一片弱不禁风的藤叶，等到力气亏空，在这世界再也扒不住时，会飘落下来。

贝尔曼老头的一双红眼睛正不停地流泪，但听到这般白痴似的胡想，他连鄙薄带挖苦地叫了一阵。

“什么话！”他嚷着，“看到混账藤叶子掉了就会想死，世上还真有这种蠢货？这种事还是头一回听说。叫我陪你们胡闹，当什么退隐的笨驴子的模特儿，我可不爱干。你怎么让那种怪事钻到她脑瓜子里去啦？哎哟，乔安西那小家伙也可怜。”

“她病得厉害，身体太虚弱。”休易说，“脑子烧糊涂了，老胡思乱想。贝尔曼先生，既然你不愿意给我当模特儿，那就算了，没关系。不过我看，你这老头也够呛，太啰唆。”

“你们女人就是女人！”贝尔曼又大喊大叫起来，“谁说我不愿意的？走吧，我跟你去。这老半天我的话意思就是愿意。天老爷！乔安西小姐是大好人，怎么就病在这种地方？哪天我画出张绝妙好画，咱们就一块儿远走高飞。老天爷！行啦。”

两人上楼时乔安西睡着了。休易把窗帘放得严严实实，打个手势把贝尔曼带进了另一间房。他们在房里瞧着窗外的那根藤，心里不由得害怕。接着，两人你看我，我看你，好一会儿没说话。冰冷的雨在不停地下，还夹着雪。贝尔曼穿件旧蓝色衬衫，坐在翻转的水壶上当退隐的矿工，那水壶是充作石头的。

休易只睡了一个小时，到早上醒来时，只见乔安西睁大两只无神的眼睛盯住放了下来的绿窗帘。

“卷起来，我要看。”她有气无力说。

休易照办了，也是有气无力。

可是，看啊！经过漫漫长夜的一夜风吹雨打，竟然还有一片藤叶扒在砖墙上。这是藤上的最后一片叶，叶柄附近依旧深绿，但锯齿形边缘已经枯败发黄。它顽强地挂在离地面二十英尺高的一根枝上。

“这是最后一片叶子，”乔安西说，“我还以为晚上它准会掉。我听见了风声。今天它会掉的，我的死期也就来了。”

“乖乖，乖乖！你不愿为自己着想也得为我着想。丢下我可怎么办呢？”休易说，把瘦削的脸贴到枕头上。

但是乔安西没有答话。即将踏上黄泉路的人的心灵是无比孤寂的。乔安西与朋友、与人世一步一步拉开了距离，而幻觉在这时间便越来越难摆脱。

这一天慢慢过去了，天色尽管已暗下来，她们还是能看见那片孤零零的藤叶牢牢扒在墙上。后来，夜幕降临，北风又紧，雨敲打着窗户，也从矮荷兰式屋檐上倾泻而下。

天刚亮，乔安西不管三七二十一就叫拉开窗帘。

藤叶还在。

乔安西躺在床上久久看着。后来她叫唤休易，休易正在翻动煤气炉上鸡汤里的鸡。

乔安西说：“休易，我太不应该。不知是怎么鬼使神差的，那片叶老掉不下来，可见我原来心绪不好，想死是罪过。你这就给我盛点鸡汤来，还有牛奶，牛奶里搁点葡萄酒——等等！先拿面小镜子来，再把几个枕头垫到我身边，让我坐起来看你烧菜。”

过了一小时，她说：

“休易，我希望以后能去画那不勒斯湾。”

下午医生来了。医生刚走，休易找个借口跑进走廊。

“有五成希望。”医生握着休易的手说，“只要护理得好，就能战胜疾病。现在我得去楼下看另一个病人。他叫贝尔曼，肯定也是个画画的。又是肺炎。他年纪大，体质弱，病又来势汹汹，已经没有了希望，但今天还是要送医院，医院的条件好些。”

第二天，医生对休易说：“她出了危险期。你们胜利了。剩下的就是营养和护理。”

这天下午，休易坐到乔安西躺的床上，织着条根本用不着的蓝色羊毛披肩，已经无忧无虑。织着织着，她伸出手连人带枕头搂着乔安西。

“有件事告诉你，小宝贝。”她说，“贝尔曼先生得肺炎今天死在医院。他只病了两天。头一天早上看门人在楼下房间发现他难受得要命，衣服、鞋子全湿了，摸起来冰凉。谁也猜不着他在又是风又是雨的夜晚上哪儿去了。后来他们发现了一盏灯笼，还亮着，又发现梯子挪动了地方，几枝画笔东一枝西一枝扔着，一块调色板上调了绿颜料和黄颜料。现在你看窗外，乖乖。墙上还扒着最后一片藤叶。你不是奇怪为什么风吹着它也不飘不动吗？唉，亲爱的，那是贝尔曼的杰作。在最后一片叶子落下来的晚上，他在墙上画了一片。”

为麦克花的钱

挖金矿就像小孩捉迷藏，我和麦克·朗斯伯里老头各挣了四万元后歇手了。我叫麦克“老头”，但他并不老，才四十一，只是看起来显得年纪大。

他对我说：“安迪，我不想再东奔西跑。你我辛辛苦苦干了三年。我们就歇上一会儿，几个辛辛苦苦挣来的钱别让它闲着，花掉一点。”

“你说得完全对，”我答道，“让我们也摆一阵子阔气，看看当阔佬是什么滋味。怎么个花法呢？是去尼亚加拉瀑布[①]游玩，还是赌纸牌？”

麦克说：“好些年里我想要是赚了大钱，我就租一栋有两间房的别墅，请个中国厨师，穿双袜子坐着看巴克尔[②]写的《文明史》。”

“这种生活倒是安逸，又不招摇，这样花钱我看最好。”我说，“给我买个布谷鸟自鸣钟，再来本塞普·温纳[③]的《五弦琴自

---

① 尼亚加拉大瀑布位于美国与加拿大之间。

② 巴克尔（1821—1862），英国历史学家。

③ 此人未见经传，很难确定是否真有其人。

学指南》，我就跟着你。”

一星期后，我们到了离丹佛三十英里一个叫皮纳的小镇，看到一栋有两间房的漂亮住宅，正合我们的心意。我们把一半钱存入皮纳的银行，与镇上的三百四十名住户一一握手。中国厨师、布谷鸟自鸣钟、巴克尔的书和《指南》是从丹佛带来的。这些东西齐备，住进这房子便真像有个家了。

有人说金钱买不来幸福，你千万别信他们那一套。如果你亲眼见到麦克老头坐在摇椅里，把穿蓝棉袜的脚搁到窗台上，戴副眼镜聚精会神啃巴克尔的大作，准会觉得那副怡然自得的模样叫洛克菲勒[①]都眼红。我挑了《齐普·库恩老汉》这首歌学弹琴，布谷鸟准时报时，厨师阿兴把火腿与鸡蛋炒得香喷喷，连长在阴处的金银花都染上了香味。到天黑下来，巴克尔的高见和《指南》的音符看不清时，我和麦克就点上烟斗，海阔天空无所不谈，话题有科学、采珍珠、坐骨神经痛、埃及、拼写、钓鱼、贸易风、皮革、鹰、感激之情，等等等等，都是以前我们无暇畅述的。

一天晚上，麦克竟然问起我熟不熟悉女人的习性和手段。

“那还用问？”我张口就答道，“天南地北的都知道。我要是看不出女人的心和变的戏法，驮货的蓝眼睛驴子也看不见洛基山了。女人走偏了半步，稍稍有点反常，都逃不过我的眼睛。”

麦克轻叹口气，说：“安迪，实话对你说，她们的脾气我还从来不知道。我倒想过跟她们接触，可是没有这闲工夫。从十四岁起我就自己赚饭吃。平日别人写的她们的感情我看了总归纳不出一个名堂来。可惜我少了这推理的本领。”

“推理是一种反向研究，取决于各人的观点，”我说，“虽

① 洛克菲勒（1839—1937），美国石油大王。洛克菲勒是位大富翁，但为人生活简朴，把大量钱捐给了慈善事业。

说不同观点会得出不同结论，但我发现由于进行的对比不同，推论也常常不同。”

麦克接着说：“照我看，人还是要趁年轻时学会一套，对这些事先开窍，才不致被动。我的机会已经错过，现在年龄大了，要学已经来不及啦。”

“那倒不一定，”我对他说，“也许你该花上大把大把的钞票，还要别自暴自弃。这世界上男人要想不上当，非得了解女人的举动和变化不可。”

我们喜欢皮纳这地方，一直住了下去。有人喜爱花钱买热闹，买快活，或者旅游，可是我和麦克见够闹哄哄的场面了，旅店也住够了。这儿的人待人热情，阿兴做的菜正对我们的口味，麦克与巴克尔结下了不解之缘，我的五弦琴已弹得有腔有调。

有一天我接到从斯佩特发来的电报，是在新墨西哥州开矿的人打来的，他的矿也有我一份。我只得跑一趟，这一去就是两个月。我舍不得皮纳，巴不得早早回来再过安逸生活。

我走到那栋小房子时，差一点昏了过去。麦克正站在门口：如果天使也有哭的时候，我看他们现在没有理由笑。

这家伙有得你瞧的。当真，他还不如原来。他成了单管望远镜，成了利克天文台[①]的大望远镜。他穿着件白背心，背心上套着上衣，鞋子闪亮，还戴顶高高的丝绸礼帽，胸前挂着天竺葵，足有一般炒菠菜大。他傻笑着，脸上的五官移了位，不像魔鬼店的老板，便像发疮气痛的孩子。

“你好哇，安迪！很高兴看到你回来。你走了以后有了变化哩。”麦克说，脸还是走了样。

“不用你说啦，这模样真是造孽。麦克·朗斯伯里，上帝可

---

① 利克天文台是美国加利福尼亚州哈密尔顿山顶的著名天文台。

没叫你这个样。你干吗要弄得不成体统呢？把上帝的话全抛到脑后啦！”

“别奇怪，安迪，你走后他们选了我当这儿的执法官。”他说。

我仔细看着麦克。他不庄重，喜形于色，而执法官应该多忧多虑，不露声色。

这时，一位年轻姑娘从门前走过。我发现麦克偷偷一笑，脸红了。接着，他抓起帽子，笑着一鞠躬，那姑娘也笑着一鞠躬，没有停步。

“你有了这把年纪，要是穿姑娘的皮鞋弄拐了脚，那可就没指望喽！我还以为你不会有这种事。穿起了专利皮鞋！就只过了这两个月，都成这样啦！”我说。

“今天晚上我要跟刚过去的年轻姑娘举行婚礼。”麦克有些得意地说。

“我有件东西在邮局忘了拿。”说完我快步走了。

走了一百英尺，赶上了那姑娘。我举起帽子，告诉她我的姓名。她才十九岁，看起来却不像十九岁。她有些脸红，接着，又平静下来，看着我。

“听说你今晚结婚，是吗？”我问。

“是的。难道你反对？”她答道。

“姑娘，你听我说。”我的话刚开头。

“我是丽贝莎·雷德小姐。”她的声音里带着苦涩。

“这我知道，”我说，“听我说吧，丽贝莎，论年纪我可以做你的父亲。刚才那老头，里面朽外面俏、收拾打扮、装模作样、叫人恶心、穿双专利皮鞋、走路像公火鸡样神气活现的人是我最要好的朋友。干吗你的婚事偏要去拉扯上他呢？”

“没什么，这儿除了他没别的选择。”丽贝莎小姐答道。

我顾不了许多，正眼瞧着她的白嫩皮肤和秀丽五官，内心在叫好。我说道：“那不成，凭着你的美貌，有什么人不能挑？丽贝莎，你听我一句。麦克老头不是你理想的人。他二十二岁时，正如别人说的，你才呱呱坠地。他现在这精神抖擞的模样长不了，只是逢上老来返春，完全看得出来他是又老又衰又古板。他年轻时错过了良机，到今天却追着老天爷清算丘比特①开给他的支票的利息，就怪丘比特当时没有付现钱。丽贝莎，你真下了决心举行婚礼？”

“那当然，我想换了旁人也会这样。”她说，甩着帽上的三色紫罗兰。

“什么时候举行？”我问。

“六点。”她说。

我当即决定了怎么办。只要有可能我得救麦克。这姑娘还只是个乳臭未干的黄毛丫头，眼见要嫁个老气横秋不相配的人，我不能坐视不管。

我知道女人容易理喻，因此用恳切的语气说：“丽贝莎，皮纳这地方难道就没有一个年轻人——没有一个帅小伙子常常挂在你心上吗？”

“那还用说！”丽贝莎说着直点头，“你这是什么意思？哎呀呀！”

“他喜欢你吗？他对这事的态度呢？”我问。

“发了疯，”丽贝莎说，“我妈为了不让他老坐在我家门前台阶上不起身，只好往台阶上倒水。但我想过了今天晚上就用不着了。”说完，她叹口气。

---

① 丘比特，罗马神话中的爱神之子，长着双翅的一裸体胖娃娃，蒙着眼用箭乱射，射中谁谁即坠入情网。

“丽贝莎，对麦克老头你从来没有真产生过所谓的爱情，是吗？”我说。

“绝没有！”姑娘边说边摇头，“我看，他就是干巴巴的岩石。想到哪儿去啦！”

“丽贝莎，你喜欢的年轻小伙子是谁呢？”我问。

“埃迪·贝尔斯。”她答道，“他在格罗斯比的食杂店当店员，每个月只挣三十五。埃拉·诺克斯原来为了他都弄得神魂颠倒。”

“麦克老头告诉我他今天晚上六点钟要跟你去结婚。”

“是这时候，就到我们家。”她说。

“丽贝莎，你听我说吧，”我说道，“如果埃迪·贝尔斯有一千元现金——听着，是一千元，他买下一家店自己开，如果你和埃迪有了这个原因变动婚礼，那么你同不同意在今天下午五点与他结婚？”

姑娘看了我足足一分钟。我看得出来，她内心一百个愿意。凡女人都会的。

“有一千元？”她问，“我当然愿意。”

“那好吧，我们去找埃迪。”

我们到格罗斯比的食杂店，把埃迪叫了出来。他一副诚实相，有些雀斑。听了我的话，他身上一阵热，一阵冷。

“改到五点？能得一千元？这该不是在做梦吧？对啦，你是那位在印度做香料买卖，现在退了休的阔大叔。我一定把格罗斯比老头的店买下来自己开。”

我们进店里把格罗斯比老头拉到一边谈这件事。我写了张一千元的支票递给他。如果埃迪与丽贝莎五点完婚，他就把这笔钱给他们。

然后，我向他们表示了祝福。我到森林里消磨了一会儿时间。我坐在一段木头上默默思考着人生，暮年，命运，女人的习性，人们一辈子的坎坷等等问题，暗地里庆幸也许帮上了老朋友麦克一把，没让他干出荒唐事。我知道，等他想通这件事以后，等他清醒过来，脱下了专利皮鞋以后，他会满心感激。我想着："能让麦克老头免干这种怪事，花上一千元完全值得。"但我最高兴的是，我研究了一次女人的习性，以后遇上她们玩什么花招手段，没一个骗得了我。

我到家时少说也有五点三十分。进门一看，麦克老头靠在躺椅上，穿着旧衣服，蓝色的长袜，脚伸在窗台上，一本《文明史》搁在两腿的膝盖上。

"你这样子不像是准备在六点钟去举行婚礼。"我装作若无其事地说。

"嗯，婚礼提前到五点。"麦克边说边伸手换烟，"他们送来张纸条，说时间有改动。现在事情全操办完了。安迪，你有什么事耽误了这么久才回来？"

"你听说了婚礼的事？"我问道。

"婚礼就是我主持的。"他答道，"我早告诉了你我是执法官。牧师上东部走亲访友了，镇上能批准结婚的人只有我一个。上个月我讲过同意埃迪和丽贝莎结婚。这年轻人很忙，以后他要自己开食杂店。"

"是这样。"我说。

"参加婚礼的女人很多。"麦克说着抽了口烟，"但是我还是摸不清这些人的想法。你说你清楚这些人脑子里的底细，我还没有这本领。"

"两个月前的话算不了数啦！"说完，我伸手拿起五弦琴。

财神与爱神

已退休的罗氏尤里克肥皂制造商和专利人安东尼·罗克沃尔老头在五马路府邸的藏书室里望着窗外咧开嘴笑了。他的右邻吉·范·斯凯莱特·萨福克–琼斯正从家里出来，朝等候在外的小轿车走。这贵族气十足的俱乐部会员每次都是如此，要对肥皂大王宫正面意大利复兴时期样式的雕刻轻蔑地哼一哼鼻子。

“这又傲又不中用的老东西！”太上肥皂王说，“等着吧，你要是不瞧着点，将来就准得夹着尾巴滚蛋。到了夏天我把房子漆得五光十色，看你那荷兰鼻子还翘不翘得了。”

接着安东尼·罗克沃尔走到藏书室门口喊了声：“迈克！”他是从来不用铃的，那嗓门在堪萨斯州的大草原上喊一声曾经震破蓝天，如今雄风仍不减当年。

“你去告诉少爷，出门前先来我这儿一趟。”安东尼吩咐闻声进来的仆人道。

罗克沃尔少爷进了藏书室后，老头子撂下报纸看着他，一张光滑红润的大脸上表情严肃里带着慈祥。他一只手揉着满头白发，一只手把口袋里的钥匙弄得哗哗响。

“理查德，你用的肥皂什么价？”安东尼·罗克沃尔问。

理查德大学毕业回家才半年，被问得有些莫名其妙。他至今没有摸透他父亲大人的脾气，这老爷子就像一个初次赴会的姑娘，意想不到的问题问个没完没了。

“大概是六元一打，爸爸。”

“你的衣服呢？”

“一般六十来元。”

“你是有身价的人。”安东尼说话的口气一点不含糊，“我听说那些公子哥儿用的肥皂是十四元一打，穿的衣服破了百元大关。你有的是钱花，谁都比不上，但一直很规矩，从不乱来。我现在还用尤里克，不光是因为感情上割不断，而且这肥皂最实惠。你买块肥皂只有一毛钱的真货色，其余的钱都花在劣质香料和装饰上。论年龄、地位、条件，你这样的人用五毛钱一块的最合适。我说过，你是有身价的人。有人说，真有身价的人三代才能出一个。他们没说对。身价靠钱，就像造肥皂靠油脂一样。钱给了你身价。他娘的！靠着钱，我也几乎身价百倍。我这人是又粗又野又招人嫌，跟左邻右舍的两个荷兰老爷没什么两样。他们两位见我在他们中买了房产，弄得夜里常睡不好觉。”

“有些事钱并不能办到。”罗克沃尔少爷说，显出了发愁的样子。

“没那码子事！”安东尼老爷没料到儿子会说这话，“我认定了钱能通神。百科全书我已经查到了字母Y，没发现你说的钱买不来的东西。下星期肯定可以查漏补遗。我看金钱比什么都有能耐。你说说，有什么东西钱买不到。

理查德不服气，答道：“举个例子吧，花钱挤不进最上层人物堆里。”

“哼，还挤不进？”最崇拜万恶之源的人喊声如雷，“当初阿斯特家[1]的老祖宗如果没有钱买统舱票漂洋过海，哪成得了什么上层人物，你说说看？”

理查德叹了口气。

“我正想跟你谈这件事。”老头子说，声音放小了，“我叫你来就为这个缘故。儿呀，你最近不大对头，早两个星期我就发现了。你对我说实话。除开不动产不算，二十四小时内我能调动一千一百万。要是你发了肝气痛[2]，‘漫游’号船就停在港里，煤也上足了，只消两天工夫可以开到巴哈马[3]。’

“你倒会猜，爹，八九不离十了。”

“嗯，她叫什么名字？”安东尼关切地问。

理查德在藏书室里踱来踱去。这位一贯粗鲁的老爷子今天这般温存体贴，不由得他不说实话。

“那你为什么不向她提呢？”安东尼老头问，“她会求之不得。你有钱，长得漂亮，又规规矩矩，清清白白。尤里克肥皂你还没沾过手。你还上过大学，不过这一点她倒不会在乎。”

“我一直没机会，”理查德说。

“创造机会嘛！”安东尼说，“带她去公园散步，或者郊游，连出了教堂陪她回家也行！机会！啐！”

“你还不了解社交界的事，爹！她是左右社交界的角色之一，分分秒秒的时间早几天就安排好了。这姑娘我非到手不可，爹，要不然这辈子待在纽约就像待在烂泥坑里。再说我又不能写信和她谈，那样做不行。”

① 指的是皮毛商及金融家约翰·阿斯特家族。约翰·阿斯特（1763—1848），生于德国，于1873年移居美国。

② 以往西方人常把许多毛病都看成肝气痛，实际上并不一定是肝出了问题。

③ 指加勒比海的巴哈马群岛，旅游胜地。

“啧！我有那么多钱难道当真会买不到她一两个钟头时间，让她跟你单独在一起？”老头子说。

“已经来不及了。后天中午她要乘船到欧洲，一去就是两年。明天晚上我与她单独相见的时间只几分钟。她现在在拉奇蒙特她姑妈家，那地方我不便去。不过她答应让我明晚在市中心车站用马车接她，火车八点半到。接着快马加鞭到百老汇的沃勒克剧院，她妈妈和别的亲友在休息室等着我们，买了包厢票看戏。这前前后后才七八分钟时间，你想想我把事情提出来她会听得进吗？不可能！看戏的时候和散戏以后哪会有机会呢？也不可能。得啦，爹，这种麻烦事你的钱无能为力。金钱买不到时间，连一分钟也不行，要不然有钱人的寿命就能延长。眼见兰特里小姐要坐船走，没希望跟她谈了。”

“还是这么回事，孩子！”安东尼老头乐呵呵地说，“现在你尽管去你的俱乐部。还好，不是发肝气痛。但你别忘了常给财神爷烧把香。你不是说金钱买不来时间吗？嗯，要出个价钱，把时间整个儿打成包送到你门口，那当然办不到，但是我看到时间老人的鞋跟也磨得五劳七伤了，那是老爷子在金矿里走时磨坏的。”

这天夜里，安东尼看晚报时埃伦姑妈来了。这老人家心肠最软，感情丰富，爱长吁短叹，已满脸皱纹，而且让财富压得透不过气来。她说起了情人的苦恼。

她弟弟安东尼打了个呵欠，道：“他把什么都告诉我了。我对他说，我放在银行的钱他尽可以用。他反倒找起金钱的岔子来，说钱起不了作用，还说十个百万富翁一起用力也动不了社会规律一根毫毛。”

埃伦姑妈叹了口气，说：“得啦，安东尼，你别以为钱就那样了不起。比起真正的感情来，财富相形见绌。爱情才万能。就怪你没有早开口说！理查德她还能不要？恐怕现在是为时已晚，他没有机会跟她谈。把你的金银财宝和盘倒出去也买不来儿子的幸福。”

第二天夜晚八点，埃伦姑妈从一只蛀虫啃坏了的首饰箱里拿出只古色古香的金戒指，给了理查德。

“孩子，今晚你把它戴上。”她语重心长地说，“这戒指还是你妈给我的，她说戴上它恋爱会交好运。她托付我，等你找到了中意的人，就把这戒指给你。”

罗克沃尔少爷恭恭敬敬接过戒指，套到小指上，在第二个指关节才套紧。他又取下来，按男子汉的习惯，把戒指放进了背心的口袋里。接着他打电话叫马车。

八点三十二分，他在车站熙熙攘攘的人群中接到了兰特里小姐。

“我们千万不能让妈妈她们久等。”兰特里小姐说。

“快马加鞭，到沃勒克剧院！”理查德领命后吩咐车夫。

车旋风般经过四十二大街到了百老汇路，然后跑进一条街灯璀璨的小道，车越跑人的心里越不是滋味。

在三十四大街，小伙子理查德一把推开车窗，叫车夫停车。

他一边下车一边解释道：“我掉了只戒指。是我妈妈留下的，丢了怪可惜的。耽误不了一分钟，我知道掉在哪里。”

没出一分钟，他捡回戒指又上了马车。

然而，就在这一分钟里，一辆小轿车正冲着马车停住了。车夫刚想绕左边走，一辆载重快运货车挡住了去路。他想往右，又遇上了一辆莫名其妙出现的装载着家具的车。想倒车，也不行。他丢下缰绳，出于职业本能骂开了。前前后后横七竖八的车马把路堵死了。

大城市里因一条路被阻而出现交通瘫痪的事有时来得猝不及防。

“为什么不赶车？我们要来不及了。”兰特里小姐不耐烦地说。

理查德在车子里站起身四下里一望，只见连三十四大街与百老汇路、六马路交叉的路口在内的一大片地区被货车、卡车、马车、电车挤得水泄不通，就像一个腰围二十六寸的姑娘硬扎了一根二十二寸的腰带。而且，横着的各条路上的车还在争先恐后往这片乱糟糟的地段涌，你挤我，我挤你，车轮碰车轮，再加开车的、赶车的骂骂咧咧，简直闹翻了天。曼哈顿地区的所有车辆似乎都赶了来凑热闹。人行道上看热闹的人成千上万，但连纽约最老的寿星都没见过有哪次马路塞得这样不可开交。

理查德又坐下来，说：“真对不起。看来我们动不了。车辆挤成这个样，没一小时工夫疏通不了。全怪我。如果我没掉戒指，那我们——”

“让我看看你的戒指，”兰特里小姐说，“现在没有办法，只好算了。其实，我觉得看戏并没多大意思。”

这天夜里十一点，有人轻轻敲敲安东尼·罗克沃尔的门。

“请进！”安东尼的大嗓门喊道。他穿了件红色睡衣，正在看一本惊险的海盗小说。

来人是埃伦姑妈，像位白发天使，只是错贬人间。

“安东尼，他们谈好啦。”她轻柔的嗓门说，“那姑娘答应嫁给理查德了。他们去剧院时遇上交通阻塞，坐的马车堵了两个小时才脱身。”

“唉，兄弟，你别再夸金钱万能。理查德得到幸福是靠那只象征真情的小小戒指，那东西虽小，却代表了海枯石烂永不变，万两黄金买不到的感情。半路上他把戒指掉了，下了车捡。没等马车再起步，交通堵塞了。就是在车走不了时，理查德表示了爱情，也得到了姑娘的爱情。你看，比起真正的爱情来，金钱成了粪土。”

“这就好，儿子的心愿得到满足我当然高兴。”安东尼老头说，“我对他说了，我会不惜金钱，只要——”

“不对，兄弟，你的钱起了什么作用呢？”

“姐姐，我正看到海盗遇上生死关头。他的船底穿了洞，可他是聪明人，知道金钱的价值，不会眼睁睁看着往海里沉。你先让我把这一章看完。”安东尼·罗克沃尔说。

故事本该在这里收尾。不但读者觉得可以收，而且我也当真希望收。然而，为了了解事实真相，我们还得刨出根底。

第二天，安东尼·罗克沃尔家来了个人，双手通红，系根蓝色圆点领带，报名凯利，一求见便被引进了藏书室。

“嗯，这事真没人会想得着。我来看看——你已经拿了五千元现金。”安东尼说，伸手去拿支票簿。

凯利说：“我还垫出了三百。预算略微有些突破，不突破没办法。货车与单匹马拉的车大多每辆五元，但卡车和两匹马拉的大多不给十元不肯干。小汽车司机索价十元，带了人的要二十。警察敲我敲得最凶，有两名付了五十，其余的也在二十，二十五。但干得还是挺漂亮吧，罗克沃尔先生？幸好威廉·埃·布雷迪[1]没看到马路上车马挤成一团的场景。让威廉眼红伤心可不行。还根本就没有排练过哩！伙计们分秒不差赶到。有

① 威廉·埃·布雷迪（1863—1950），美国著名的剧院经理，纽约康奈岛游乐场的创办人。

两小时堵得水泄不通，连蛇都钻不到格里利[1]的雕像下。”

安东尼撕下一张支票，说：“一千三，你拿去。一千归你，三百是你垫付的。你总不会瞧不起钱，对吗，凯利？”

“我？”凯利道，“要是知道谁发明的贫穷，你看我不揍他！”

凯利刚走到门口，安东尼又叫住了他。

安东尼问道：“昨天乱糟糟的时候你没见到个胖娃娃吧？这浑小子一丝不挂，拿着了箭乱射一气。”

凯利被问得摸不着头脑：“哦，那倒没有。我没看到。即使像你讲的那样的小子在，不等我赶去警察也会把他抓走。”

“我料想小杂种不会去。再见，凯利。”

安东尼咯咯笑出了声。

① 格里利（1811—1872），美国新闻记者、作家、政治家，纽约《论坛报》的创办人。1872年竞选总统失败，纽约市有一个以他命名的广场。

失算

古奇律师在运用他这一行的诀窍时是老谋深算的。但有件事他却在想当然。他总爱把他那套办公室比作船底。办公室共三间房，前后有门相通，当然房门是能关上的。

他常说："造船时就考虑了安全问题，所以各部分并不相通，水是绝对透不过的。如果一个房间漏了灌满水，整条船还会太平无事。如果没有隔板挡着，只要一处漏水整条船都得沉。往往在我与一个当事人谈案件时，另一个利益相冲突的当事人找上门。所以我请阿奇博尔德帮忙——这年轻帮办将来有出息——试探案件的深浅时，让能沉船的水只往一个房间涌。必要的时候把人带进走廊里，让他们从楼梯走。用船员的术语说，就是从紧急排水道排水。这一来，我们的买卖就成了一条不沉的船。如果让载舟之水随意往舱里灌，我们说不定就完蛋啦。哈，哈，哈！"

法律是枯燥的，没多少笑话可言。当然，为了让介绍、纠葛和过程不致太枯燥无味，古奇律师稍稍来了点幽默，也无可非议。

古奇律师经办的案子主要是夫妻纠葛。如果由于种种原因夫妻失和，他会仔细分析，从中调解，判明是非。如果有其他牵连，他会理清关系，进行辩护，维护利益。即使走到了极端，他使当事人得到的总是轻判。

然而，古奇律师并不是个厉害、狡猾、身佩武器的斗士，动不动挥起他的两刃剑，一剑把婚神的枷锁砍开。他的名声在于他擅长熄火而不是浇油，撮合而不是拆散，把出了差错的糊涂人引上正轨而不是叫人各奔东西。他常常靠着三寸不烂之舌，说得夫妻重归于好，流着泪紧紧拥抱。不知多少次他巧计哄孩子，就因为心理感化（同时配合某种手势），孩子伤心地说了句“爸爸，你就不回家，不要我和妈”，事情便了结，一个眼见要崩溃的家又支撑了起来。

不怀偏见的人承认，破镜重圆的夫妻付给古奇律师的大报酬值得，比请他到法院分庭抗礼上算。偏了心的人另有一说，讲他是为得双份钱，因为回心转意了的夫妻没有不重新登门吵着离婚的。

六月是淡季，古奇律师的船几乎静止不动。六月里离婚的磨盘慢慢转，这个月是爱神和婚神志得意满的一个月。

古奇律师闲坐在中间房里，整个办公室没当事人。外面的小间连着——或者不如说把这间房与走廊分隔开了。外面房里坐的是阿奇博尔德，他接收来客的名片，或者向老板通报姓名，先让来客等一等。

这天突然最靠外的门让人使劲敲了一下。

阿奇博尔德一开门，就被来客当成挡道的人一掌扒开。来客二话没说，直冲进古奇律师的办公室，大模大样一屁股坐到面对这位大律师的安乐椅上。

“你就是菲尼亚斯·西·古奇律师吗？”来客问道。语气异常，既是在问人，也是在训人，又是在表示自己没看错人。

律师先没回答，用锐利和审视的目光很快扫了可能成为他的当事人的人一眼。

来者非同凡响：大个子，有胆量，果断，气度超群，无疑自负，有点过于神气，落拓不羁。他穿着讲究，但略过华丽。虽然请律师的人均有为难事，但看他那炯炯发亮的眼睛和表现出来的胆量，你不会当他是在为难别人。

“我姓古奇。”律师终于道出了自己的姓。如果追问下去，他也会承认他的名是菲尼亚斯·西。但是他认为主动亮牌不值得，“我没有先接到你的名片，”他带了点责备的口吻继续说，“所以我——”

“我是没有给你，”来客镇定地说，“也还没打算给你。抽烟吗？”他抬起一条腿搁到椅子的扶手上，往桌上扔过来一根色彩华丽的烟。古奇律师知道这烟的牌子。他抽了几口，表示领情。

“你是办离婚案的律师！”没拿出名片的来客说。这次他的声气不是发问。这句话也不是表示一种判断，倒像是一种指责，就像你对着条狗说“你是条狗”一样。古奇律师听了这句大不敬的话没出声。

来客往下说道：“你处理形形色色、五花八门夫妻不和的事。可以说，你是个外科医生，凡是丘比特射错了的箭你会一根根拔出来。如果海门[①]的火炬火势太弱，连你的烟都点不着，你会使火炬大放光明。我说得对吗，古奇先生？”

“你比喻的这种案子我承办过。”律师谨慎地答道，“你是不是想正式聘请我……”律师意味深长地把话只说一半。

“没到那一步。”另一位把捏着烟的手一挥，画了个大弧，

---

① 海门是古希腊神话中司婚姻之神，为一青年，戴面罩，手持火炬。

“还没有到那一步。别急，开始的时候应该慎重，也就免不了现在多说几句话。有一件婚姻纠葛需要解决。但是我想先听听你的老实——嗯，自然也是内行人的看法，知道你对这件麻烦事的看法我再通报姓名。我想请你对这件祸事做出估价，大致上的，知道吗？就是我要对你谈件事，然后你说出如何如何。用无线电通话，你行不行呢？”

“那你是要说件假设出来的事吗？”古奇律师问道。

“我曾经想过用‘假设出来’这个词。想来想去，我认为最恰当的词还是‘假设出去’。我这就说吧。假定有个女人，有个漂亮得出奇的女人，丢下丈夫离家出走了。另外有个男人，本是到她住的镇上置办房地产的，让她迷了窍。我们把女人的丈夫叫作托马斯·阿·比林斯，因为他就是叫这个名字。我现在把有关人的姓名都直说出来。把女人迷了心窍的家伙叫亨利·克·杰塞普。比林斯夫妻俩住在一个叫苏珊维尔的小城市，离这儿有好些里路。两星期前杰塞普离开了苏珊维尔，第二天比林斯太太马上就去追他。这女人横竖丢不开杰塞普，随你信不信都是这么回事。”

古奇律师的当事人说起来头头是道，得意扬扬，甚至叫这位不动情的律师心里也感到一阵厌恶。现在他看得清楚，这位莽撞的来客原来勾引了人家的女人还自鸣得意，没干正事还以为了不起。

来客继续说：“我们进一步假定比林斯太太在家里得不到幸福。不妨说她跟着丈夫就像鲜花插在牛粪上。他们两人格格不入。女方喜欢的东西，比林斯白白得来还不想要。夫妻俩什么时候都别别扭扭。女方有学问，文理都内行，在会上宣读起文章来声音朗朗。比林斯可不行，什么科学的进展啦，历史啦，伦理学啦，诸如此类的东西他满不在乎。比林斯对这些事简直一窍不通。女方比他这类人高贵千万倍。律师你说说看，这样的女人甩开比林斯，跟着能赏识她的男人，难道不是去祸得福吗？”

古奇律师说：“夫妻间的失和与不幸无疑大多归根于不相配，如果实在过不下去，公正的解决办法看来就是离婚。你大概就是那个女人想寄托终身的杰塞普吧？”

“你可要相信杰塞普。”当事人说着自信地一晃脑袋，“杰塞普没有过错，他做的事堂堂正正。你看，就是为了不让人对比林斯太太说三道四，他离开了苏珊维尔。可是，比林斯太太跟着也走了，现在当然杰塞普，丢不开她。如果她通过法律手续正式离婚，杰塞普会做他该做的事情。”

古奇律师说：“如果愿意的话，你再假定下去。假定这件事需要我效力，那么——”

当事人拂袖而起。

“哼，还什么假定不假定！”他不耐烦地说，“我们不再谈那女的，实话实说了吧。现在你该知道了我是什么人。我希望那女的能离婚。离得了，钱由我出。你让比林斯太太脱了身，我当即付你五百块。”

说完了这个大数目，古奇律师的当事人往桌上哨地一拳。

“如果案情是这样——”律师刚开口。

“先生，一位太太要见你。”阿奇博尔德从外面房间冲进来大声说。他受命凡当事人来要立刻通报，有主顾都不能放走。

古奇律师挽着先来的当事人的手，殷勤地把他领进隔壁房间，说：“请在这儿稍候，先生。等来客一走我就来，我们继续谈下去。有位富家老太太约好了来谈立遗嘱的事。我不会让你久等。”

那位态度大方的先生默然坐了下来，拿起本杂志。律师回到中间的办公室，又小心翼翼地把相连房间的门关上。

“阿奇博尔德，把那位太太领进来。”他对在等候命令的帮办说。

一位高个子、仪态万方的漂亮女人走了进来。她穿着长衫——注意，是长衫，不是短衣——长衫大而飘逸。眼里闪现出智慧和灵性的柔光。手提着一只容量有一蒲式耳①的绿色提袋，袋里有把伞，这样一来，似乎伞也穿了件飘逸的大长衫。她在椅上坐下来。

“你就是律师菲尼亚斯·西·古奇先生？”她问道，声音庄重。

“是的。”古奇律师干脆利索地答道。与女人打交道他从不啰唆。女人本来就啰唆。如果谈话双方一个样，势必浪费时间。

这位太太说话了：“先生，你是当律师的，总该对人心有所了解。如果一个人有颗高尚、感情丰富的心，他在世界上也称为人的卑下的可怜虫中找到了真正的知己，那你是不是认为这个人还应顾及我们违反天性的社会生活中束缚胆量的小常规？”

“太太，这里是办理法律事务的办公室。我是律师，不是哲学家，也不是《情场失意解难》的专栏编辑。还有当事人在等着我，请你直截了当谈问题。”古奇律师这时说话的语气是平常控制女当事人别东拉西扯时用的语气。

“好吧，你用不着动什么肝火。”那太太说着一眨明亮的眼睛，又用力一转手中的伞，“我来就是为了正经事。我想听听你对一桩离婚案的高见。俗话叫离婚，其实是纠偏矫枉，要把人类缺乏远见的法律强加在一个爱——”

① 一蒲式耳约合三十五千克。

“对不起，太太，”古奇律师不耐烦地打断她的话，“我再次提醒你，这是律师事务所。也许威尔科克斯夫人[①]——

“威尔科克斯夫人又怎么啦？”那女人不讲情面，打断了古奇律师的话，“托尔斯泰[②]，格特鲁特·艾瑟顿夫人[③]，奥尔马·凯亚姆[④]，爱德华·博克先生[⑤]又怎么啦？这些人的书我全看过。我很想与你探讨一个反抗自以为是、胸怀狭窄的社会扼杀自由的清规戒律的心灵享有的神授权利的问题。不过，我还是继续谈正事吧。在你表明对它的看法前，我想先不对说出有关人的姓名。这就等于，我是作为一种假设来讲述，而不——”

“你是要说一个假设的案件吗？”古奇律师问。

“正是如此。”那太太不客气地说，“好吧，假设有一个女人，她打心眼里希望过一种事事称心的生活。这女人有丈夫，但是丈夫的知识、情趣，总之是所有方面，都远远不及她。呸！他是什么东西！他瞧不起文学，对世界闻名的伟大思想家的崇高思想嗤之以鼻，满脑子装的是房地产一类龌龊的事情，哪里配得上心境高贵的女人！这么说吧，有一天，这不幸的太太遇上了理想中的人，他聪明能干，而又感情丰富。她爱他，虽然这男的也内心激动，觉得遇上了知己，但他是位正人君子，没有表白感情。明明他爱那太太，却远走高飞。那太太跟着也飞了，虽然仍戴着不开明的社会制度束缚她的枷锁，她满不在乎。你告诉我，离婚要花多少钱？锡卡莫尔加普的女诗人伊丽莎·安·帝明斯花了

① 威尔科克斯夫人（1850—1919），美国记者、诗人。

② 托尔斯泰（1825—1910），俄国小说家。

③ 格特鲁特·艾瑟顿夫人（1857—1948），美国小说家。

④ 奥尔马·凯亚姆（？—1131），波斯诗人、数学家、天文学家、哲学家。

⑤ 爱德华·博克（1863—1930），美国编辑，曾任《妇女家庭杂志》主编，1923年曾设立博克和平奖。

三百四十块。我——我是指我讲的这位太太——能不能也只花这么多？”

古奇律师答道：“太太，你的最后几句话说得聪明而清楚。现在你能不能不再假设而说出真名实姓谈正事？”

“那完全可以，”那太太说，表现得非常痛快，“那个使他的法律上的——是法律上而不是感情上的太太得不到幸福的下贱胚子叫托马斯·阿·比林斯，上天为那太太造就的情投意合的君子叫亨利·克·杰塞普，而我——”当事人最后戏剧性地亮出底牌说，“就是比林斯太太！”

“有位先生找你，律师！”阿奇博尔德闯进来大声道，险些摔个跟斗。古奇律师从椅子上站起身。

“比林斯太太，”他彬彬有礼地说，“请让我带你到隔壁办公室稍候。一位富家的老先生约了我谈遗嘱的事，过一会儿我来请你继续商讨。”

古奇律师又风度翩翩地把他那位感情丰富的当事人带进剩下的一间空房间，出来时轻轻关上门。

阿奇博尔德带进的新来客是个中年人，个子瘦，但很有精神，看样子脾气大，而脸上又流露出重重心事。他一只手提着个小皮包，坐到律师指给他坐的椅上后把包放到了地上。衣服本来面料质量好，但既不干净，又没样子，四处是灰，似乎穿着它经过了长途跋涉。

“你专门办离婚案子。”听声音他内心很不平静，但的确是有事才登门。

古奇律师答道：“可以说，我的业务范围包括了——”

第三位当事人打断他的话；“这我知道，你不用说了。你的名声我全听说了。我想向你谈一件案子，但不透露有关人的姓名——就是说——”

“你要谈件假设的事。”古奇律师插话道。

“这样说无妨。我是个普普通通的生意人，没什么可说的。先说那个假设的女人。该承认她嫁错了人。很多方面她都出类拔萃。论外表她是个美人。她酷爱所谓文学，就是诗歌，散文等等。她丈夫是个普通做买卖的人。丈夫想使一家幸福，这家却没有幸福。不久前，有个人，是从不认识的人，到了两夫妻住的太平无事的小镇做房地产买卖。那女人遇上他，被他迷得掉了魂。女方闹到了明目张胆的地步，反而使男方觉得小镇非久留之地，所以走了。女的抛下丈夫离开家，追那男的。其实她家里舒舒服服，什么都不缺，可是她不要家，反倒追那个她莫名其妙爱上的人。让一个女人糊里糊涂把家毁了，还有什么事比这更倒霉呢？”当事人说到最后一句话时声音颤抖了。

古奇律师处事谨慎，没有高见便不开口。

来者又往下说了：“她跟的这个人并不是能使她幸福的人，只不过那女的发了疯，傻气，自欺欺人，以为能使她幸福。她丈夫虽然与她有许多不一样，但是能迁就她神经过敏的怪性格，此外找不到第二个人。可惜她到了现在还不明白。”

古奇律师觉得他再谈下去眼见会远离正事，问道：“你是不是认为，在目前情况下，离婚是合乎逻辑的解决办法呢？”

“离婚！”当事人大声道，动了真情，热泪盈眶说，“不，不，那不行。古奇先生，我在报纸上看到许多报道，你体贴人，心肠好，热情，遇到夫妻失和便从中调解，让人破镜重圆。现在别再假设了吧，我用不着再隐瞒，在这件不幸的事中我是受害者。姓名也都告诉你：托马斯·阿·比林斯夫妻俩，女人迷上的人叫亨利·克·杰塞普。”

第三位当事人伸手抓着古奇先生的胳膊，愁苦的脸抽动着，他恳切地说：“看在老天分上，请你在我有难的时候帮上一把，找到比林斯太太，劝她别再糊涂，别再乱来。古奇先生，你告诉她，她丈夫会体谅她，正等着她回去。只要她能回家，丈夫什么条件都会答应。我知道你办这些事名声不小。比林斯太太不会在很远的地方。我东奔西跑，都快累倒了。在找的时候我两次看到她，但由于种种原因，两次都没有能与她谈。古奇先生，这件事你能不能答应下来？我会一辈子感激你。”

古奇律师听到最后皱起了眉头，但接着又舒展开来，换上副悲天悯人的表情，说道：“的确，有很多次许多一时冲动想散伙的夫妻在我的劝说下冷静下来，言归于好，又回了家。但是你要知道，这件事难而又难。得费许多口舌，得反反复复，而且，明说了吧，得能言善辩，其中的艰辛你想都想不到。但是这件案子我听了真于心不忍。我完全理解你，先生。如果能使夫妻破镜重圆，我会再高兴不过的。只是我的时间——”律师说到这里看看手表，似乎是突然间想起这个问题，“我的时间很宝贵。”

“这我清楚，”当事人说，“只要你答应下来，劝说比林斯太太回了家，不再想着她在追的那人，事成那天我付给你整整一千块。最近苏珊维尔兴旺，我经营房地产多少赚了些钱，一千块我不吝惜。”

“请你再坐一会儿，隔壁房间我还有位代理人，差一点把他忘了。我尽快再来。”说着古奇律师站起身，又看了看表。

越是盘根错节的事古奇律师越喜爱，现在的这个局面正中他的下怀。每逢接到这种问题微妙，可能性多的案件，他便喜出望外。想到三个人都坐在自己的事务所还互不知情，他们的幸福和命运全握在自己的掌心，他好不得意。他又想到了自己比喻的船。但是现在这个比喻已不恰当，因为如果一条真正的船各舱都灌满了水，那么难保安全，而他这条办案子的船各舱爆满却肯定会驶到一个繁华港口，捞到大笔好处。当然，现在他得做的事情是，在三笔急待成交的买卖中，挑一笔最值得做的。

他先交代他的帮办："阿奇博尔德，你去把外边的门锁上，谁也不让进。"然后，他默默地大步走进第一个当事人等候的房间。这位老兄倒耐心，坐着仔细看杂志上的照片，嘴里叼根烟，脚搁在桌上。

一见律师进来，他高兴地问道："嗯，你拿定主意啦？叫那漂亮太太离婚，五百元行吗？"

"你是出五百叫我咨询？"古奇律师放轻声问道。

"唉？不是，是办整个事情。这也够啦，对吗？"

古奇律师说："我的价钱是一千五百块。五百块太少，加一千包你离婚。"

第一个当事人用力吹了一声口哨，把脚搁回到地上。

"这么说，我们谈不拢啦。"他说完站起身，"我在苏珊维尔做一笔小房地产买卖也才赚五百块。我愿意想方设法使那位太太脱身，只不过价钱大了我出不起。"

"那么一千二百块你出得起吗？"律师试探着问。

"告诉你吧，我顶多出五百。看来我得找个便宜些的律师。"当事人戴上了帽子。

"请走这边。"古奇律师打开通走廊的门，说道。

等这一位出了门，下了楼，古奇律师情不自禁地笑了。他摸摸耳边一束亨利·克雷[①]式的头发，暗想："杰塞普先生打了退堂鼓，现在就看那丢了老婆的人了。"回到当中的办公室，他又拿

① 亨利·克雷（1777—1852），美国政治家与演说家。

出一副律师派头。

他对第三个当事人说："如果我让比林斯太太回心转意，或者帮助你使比林斯太太回心转意，返回家里，不再糊里糊涂跟着她迷得疯疯癫癫的人，你愿意付给一千块，我没理解错吧？而且，在此基础上，这事全权委托给我办，是这样的吧？"

"一点没有错。只要办成功，两小时内我可以把钱兑现。"

古奇律师站起身，腰板挺得笔直。他那瘦削的身子似乎在膨胀，他伸手去摸衣服的袖口，脸上现出了悲天悯人的神情，每遇到承办这类事，他必有悲天悯人的神情。

"那么，先生，我能早早解除你的烦恼。"他用亲切的口吻说，"你尽管放心，我能言善辩，巧舌如簧，而且人心有向善的天性，丈夫爱得真诚，自有力量感化妻子。先生，比林斯太太就在这儿，在那间房里——"律师伸长手指着门，"我马上叫她进来。我们共同劝说会——"

古奇律师住了口，因为第三位代理人像是被弹簧弹了起来，跳下椅子，紧紧抓着小皮包。

他直嚷嚷："妈的，你说什么来着？那女人就在这儿？我还以为已把她甩开了十万八千里了呢。"

窗开着，他跑到窗前，往外一望，把腿就伸到了窗台上。

"且慢！"古奇律师喊道，心中好生奇怪，"你这是干什么？来呀，比林斯先生，去见见你那位有了过错但心地纯洁的太太。我们共同劝说一定能——"

"比林斯！"现在这位当事人已恍然大悟，叫了起来，"我教你认识一下比林斯，你这老不死的糊涂蛋！"

他满腔怒火，一转身，把小皮包往律师的头上摔去。这一下正中这位目瞪口呆的和事佬的眉心，打得他踉跄着倒退两步。等古奇律师清醒过来一看，当事人已经不见了踪影。他蹿到窗前，把身子伸出窗外，只见那大逆不道的家伙正从他由二楼窗口丢下的一堆废物上爬起来。接着，他连帽子也顾不上捡，飞跑十来步进了小巷，一溜烟般消失在鳞次栉比的房屋间。

古奇律师用颤抖的手来回摸着前额。在清理紊乱的思绪时，他有来回摸前额的习惯。也许这样做现在还有一个目的：减轻让硬鳄鱼皮包打中的额头的疼痛。

皮包摊开在地板上，里面装的东西散落了开来。古奇律师不由自主一件件拾起来看。先拾起的是个衣领。律师明察秋毫的眼睛一瞧，怔住了，原来衣领上有H·K·J几个字母。另外有一把梳子，一把牙刷，一张折叠着的地图，一块肥皂。最后捡起的是一叠业务上的来往信件，每封信的开头是：亨利·克·杰塞普先生台鉴。

古奇先生把包合上，放到桌上。他犹豫了会儿后戴上帽子，走到外边的房间。

他打开靠前厅的门，用温和的声音说："阿奇博尔德，我上最高法院去一趟。过五分钟你到里面那间办公室，告诉等在那儿的太太——"古奇律师使用了个俗语，"全泡汤啦！"

带家具的房间

下西区有一片红砖楼，住在楼里的一大帮房客像时间一样永不停步，来去匆匆。他们处处无家，处处为家，从这间带家具的房子搬到那间带家具的房子，永远只是过客——不但住所无定，而且心绪、思想无定。他们把《家，幸福的家》这支歌唱得乱七八糟；他们的家神是搁在纸盒里提来提去的；他们没有葡萄藤，只是帽子上绕着装饰带，也没有无花果树，只有盆景①。

所以这一带房子里住过的房客上千，有的说的事也该上千。当然，大多数索然无味。不过，如果说这帮匆匆过客连一两件奇闻也没有，那又更不可思议。

一天天黑以后，一位年轻人在这片破败的红砖房中转着，按着门铃。来到第十二栋后，他把寒酸的手提包放在台阶上，掸去帽带上的灰，又揩揩额头。铃声很轻，是在隔得远远的、空荡荡的纵深处响。

这一家（就是他按了铃的第十二家）的女房东来开了门，他一见不由想起了一条害虫，蛀光了果仁，已经吃饱了撑着，可还巴望有什么可吃的进到空果壳里来。

---

① 葡萄藤和无花果是安定的家庭生活的象征，典出《旧约·列王纪上》四章二十五节。

他问有没有空房间。

“进来吧。”女房东说。她的声音是从喉管里发出的，而且喉管上似乎长了层苔，“三楼有一间，刚空了一星期，你去看看吧。”

年轻人跟她上了楼。不知从什么地方发出的微光照着黑乎乎的过道。两人的脚踩在楼梯的地毯上没一点声音，恐怕原来织出这块地毯的织机也认不出这块地毯来。它已面目全非，在有股臭味、不见阳光的空气中腐烂，变成青苔地衣似的东西，在楼梯上一块块扎了根，踩上去还黏脚，像是踩着了什么黏性强的有机物。楼梯每个拐弯处的墙上都有壁龛，只是空着。也许壁龛里原先摆过什么花草，然而禁不住又脏又臭的空气熏。还有一种可能是摆过什么神像，但不难想象，大小魔鬼趁屋子里黑，把它们拖进了罪恶的深渊，让它们待在堆放家具的地窖里了。

“就是这一间，”女房东长了层苔的喉咙说，“房间挺好，并不常空着，夏天还住过几位贵客。都是痛快人，到时间就预付房租。水在走廊那头。斯普罗尔斯与穆尼住过三个月。他们是演杂耍的。那位布雷特·斯普罗尔斯小姐——你总该听说过她吧？哦，对，那是她的艺名。她把结婚证配了个镜框，就挂在梳妆台上方。气灯在这里。你看，壁柜多大。这间房人人喜欢，从没有久空过。”

“当演员的人常到你这儿来住？”年轻人问。

“常来常往。上这儿的房客有一大批与剧场有关系。先生，你不知道，这一带就是剧院区。当演员的人从来就不在哪个地方久住。上我这儿的当然有。他们有来的，有去的，就这样。

他租下了房间，预付一个星期租金。他说已经累了，想马上休息。女房东告诉他，房间里什么都是现成的，连毛巾和水都已准备好。她正要转身走，年轻人问了一个问题。这个问题他已经问过一千遍了。

“你是不是记得房客里有个年轻姑娘？叫瓦什纳小姐，全名是埃勒威兹·瓦什纳。她很可能在登台演唱。是个漂亮姑娘，中等个子，身材苗条，头发深金黄色，左眼皮附近有颗黑痣。”

“这个名字我想不起来。他们当演员的今天住这间房明天住那间房，也今天叫这个名字明天叫那个名字。他们来的来，去的去。你说的名字我当真想不起来。”

白问，每次都白问，他不厌其烦地问了五个月，得到的回答都是不知道。白天花大气力找剧场经理、中介人、学校、歌舞团打听；夜晚在观众中转，从全是明星登台的大剧院直跑到下三流的音乐厅，连最怕在那儿找到朝思暮想的人的场所都不放过。他真心爱她，在千方百计找她。他相信，自离家出走后，她一定还在这座被水环抱的大城市[①]的某个地方，只不过这座城市像一大片永无安稳之日的流沙，其中的沙粒不停地翻动，今天浮在表面的，明天又埋进泥土里。

起初带家具的房间对它的新客来了一番假热情，那是一种看来激动、热烈，其实却只是虚应的欢迎，就像娼妓虚情假意的笑。旧家具还有反光；一张床、两把椅上蒙着破织锦；两扇窗之间有一面一尺宽的廉价穿衣镜；墙角里搁着一两个描金画框，一副铜床架等等，这让他或多或少觉得还不坏。

客人有气无力地往椅上一靠。顿时，他像进了通天塔，只听见操各种不同语言的人抢着告诉他这儿住过什么房客，简直乱成一团。

邋里邋遢的地席上铺着一方颜色杂七杂八的毯子，好似波

---

① 指纽约。

涛汹涌的海洋中露出一个鲜花怒放的方形小岛。墙上糊着花花绿绿的墙纸，贴着无家无室的人在哪间客房都能看到的画，有《法国信新教的情侣》、《首次口角》、《新婚早餐》、《赛克在泉边》。壁炉前歪吊着块本来还成样子的布，就像歌剧中亚马逊人身上随便缠着根宽带子。壁炉朴实而庄严的轮廓被盖住了。壁炉上放着些乱七八糟的东西，有一两只不值钱的花瓶，几张女演员像，一只药瓶，几张零星纸牌，都是以前的房客留下的。那些人原先也落难到这荒岛，后来遇到别的船相救，人到新的港口登了岸，乱七八糟的东西就还留在荒岛上。

渐渐地，原先房客留下的小物件让他看出了名堂，就像份密电码的字让他一个个破译了一样。梳妆台前的毯子上有一块地方磨光了毛，这说明许多漂亮女人在那儿踩过。墙上留着小手指印，那是小囚徒摸出来的，他们想见到阳光，呼吸新鲜空气。还留着一大块污渍，呈放射形，像炸弹开花，显然是有人把一杯或者一瓶什么东西往墙上一甩甩出来的。穿衣镜让人用金刚石横着歪歪扭扭刻了个名字：玛丽。看来，以往的房客一个个都有股子火气（也许是受不住这儿的过分冷漠发了火），一怒之下便把房间当出气筒。家具已被弄得遍体鳞伤。床上的弹簧东一个西一个冒了出来，整张床活像只死于恶性痉挛的大怪物。壁炉上的大理石不知出了什么乱子，被敲掉了一大块。地板上的每块木板各有各的伤痛，因为各自受过各自的冤屈。那些房客暂住在这里时产生这么多怨气，进行这么多破坏，真是难以想象。但也许正是因为他们需要家的天性没有真正泯灭却又不得满足，因为他们对冒牌家切齿痛恨，一腔怒火才烧了起来。只要真是自己家，哪怕一间茅棚，我们都会打扫、装饰、爱惜。

年轻房客靠在椅子上，任凭脑海里的思绪轻轻飘。飘着飘着，他听到了别的房间里传来的声音，嗅到了别的房间传来的气味。有人在淫荡地吃吃笑，有人在不绝口地骂，有人在骨碌碌掷骰子，有人在哼催眠曲，有人抽抽噎噎哭，听得最清楚的是欢快的五弦琴声。还有乒乒乓乓的门响，高架铁路上一趟一趟的火车叫，后围墙上的猫嚎。他嗅出了屋子里的味不是一股正常气味，而是一股发潮的怪味，冷飕飕，带霉臭，像是堆放油布和霉变、发烂的木制品的地下室里发出的。

他靠着没动，突然又闻到一股浓郁的木樨草香，像是一阵风送来的，直扑鼻孔，他闻得十分真切，就好比见到有血有肉的来客，错不了。年轻人似乎听到了有人叫唤，大声道："什么事，亲爱的？"他还一跃而起，往四周望着。浓郁的香味没有消退，萦绕在他前后左右。他竟然伸出手抓，一时间六神无主。香味怎么可能开口叫人呢？一定是听到了声音。但是声音怎么能摸他，抚弄他呢？

"她住过这房间！"他嚷了起来。又一纵身起来，想找出什么东西证实。他有把握，凡是归她所有的，甚至她碰过的东西，再小他也准能认出来。这股经久不绝的木樨草香是她喜爱的，天天用的，究竟从哪儿来的呢？

房间几乎没怎么收拾。梳妆台的薄台布上东一只西一只放着五六只发夹。发夹是哪个女人都少不了的朋友，什么也不能说明，就像一个仅属于阴性，但既没表示语气也没有时态变化的词。他没有细看，知道再看也看不出个名堂来。一翻梳妆台的抽屉，发现了一方小小的破手帕。他把手帕贴到脸上，闻到的是刺鼻的金盏草味，忙往地上一扔。在另一个抽屉里他发现了几粒纽扣，一张节目单，一张当铺铺主的名片，两颗忘了吃的白软糖，一本圆梦的书。书里夹着一根女人用的黑缎蝴蝶结，他一见愣住了，说不清是喜是悲。但黑缎蝴蝶结也是女人都用的装饰品，平平常常，不是谁所独有，说明不了问题。

接着他像猎狗嗅到什么气味般满房间乱窜，扫视墙壁，趴到地上察看地席隆起的地方，搜索壁炉、桌子、窗帘、吊着的挂着的东西，房角那个放不稳的柜子，一心要找出点线索，却没发现她就在身边，在心头，在上空，在围着他转，在依偎着他，在搂着他，在追寻他，在冥冥中呼唤他，虽然无声，他这凡人的耳朵也听到了这凄惨的呼唤。他又一次大声应道："在这里，亲爱的！"他一转身，大睁着眼，什么人也没有见到。他闻到的木樨草香味怎会有形，有色，会张开双手，会表示爱情呢？苍天在上，这股香味来自何方呢？香味怎么能发出声音叫唤呢？他又开始搜寻。

他找遍每一条缝隙，每一个角落，只找到了瓶塞、香烟。这些东西他不屑一顾。但有一次他在地席的折缝里发现一根抽了半截的烟，他把它塞到脚底下踩扁了，还恶狠狠地骂了一声。他把整间房一寸一寸搜遍了。别的房客丢下的乌七八糟的小东西发现不少，但是他在找寻的那个人，那个很可能在这里住过，而且灵魂似乎仍在这里徘徊的人，却没见留下遗迹。

后来他想到了女房东。

他跑出闹鬼的房间，下了楼，走到一间露出亮光的房。女房东听到敲门声出来了。他极力抑制住自己的情绪。

"请问，我来前是谁住过这房间？"他问道。

"我就再告诉你一遍吧，先生。我说过了，是斯普罗尔斯与穆尼。她演出的时候叫布雷特·斯普罗尔斯小姐，其实是穆尼太太。我这房子可是有声誉的房子。结婚证还框在镜框里，挂在——"

“斯普罗尔斯小姐是怎么样的人？我是说她的长相。”

“你问这呀——长着黑头发，又矮又壮实，脸挺古怪。夫妻俩上星期二走的。”

“他们来之前呢？”

“是一位单身男人，与车行打交道的。他还赖了我一星期房租没付。再往前数是克劳德太太，她带着两个孩子，住了四个月。他们之前住的是多伊尔先生，一个老头，他的儿子轮流替他付房租。他住了半年。这样数数也就有一年时间了。再往前的我忘了，先生。”

他向她道了声谢，有气无力地回到自己房间。房间里静悄悄地，曾使他忙了好大一阵的东西没有了。木樨草的香味已经消失，闻到的是霉家具的陈腐气味，就是贮藏室的窒息气味。

希望的破灭使他失去了信心。他坐着眼望嘶嘶发响的黄煤气灯发呆。过了一会儿，他走到床边，把床单撕成了破布条，然后用小刀把破布条牢牢塞进门缝和窗缝里，一条缝没漏。做得万无一失后，他灭了灯，然后把煤气开足，往床上一躺，什么也不再想。

也就在这个晚上，麦库尔太太拿了个罐子来打啤酒。打过啤酒，她和帕迪太太在地下室聊天。这种地下室非同一般，常有房东太太凑到一起，虫子也不会死①。

“今天晚上我三楼的后房租出去了。”帕迪太太说，摆在两人间的啤酒还没消泡，“是个年轻人租的，他到现在睡了两小时了。”

① 作者把房东太太凑到一起闲聊的地方比作地狱。《新约·马可福音》九章四十八节中，“在那里（地狱）虫是不死的，火是不灭的。”

“这事当真，帕迪太太？”麦库尔太太问道，心里好生佩服，“那种房间还能租出去，你真有两下子。难道你跟他说了实话？”她迷惑不解，最后忍不住轻声问，声音发哑。

“房间里配上家具就是为了出租。我没有对他说实话，麦库尔太太。”帕迪太太那长了苔的喉管答话道。

“你说得有理，太太。我们过日子靠的就是租出去房间。太太你真在行。要是听说床上自杀死过人，不肯租的人可多着呐。”

“你也说得对，我们总还得过日子。”帕迪太太说。

“太太，那可不？上个星期，也是这日子，我还帮你收拾了三楼的后房间。那漂亮妞想不到要开煤气自杀。你看她的小脸多逗人爱。”

“你没说错，她也算得上个标致人儿，就可惜左眼皮上长坏了颗痣。”帕迪太太既赞同又挑了点刺，“麦库尔太太，再来一杯！”

托宾的手相

有一天，我和托宾往科尼去，一来是我们有四元钱可花，二来是托宾正心烦，要消遣一下。原来，他的女朋友卡蒂·马霍纳三个月前从北爱尔兰的斯莱戈郡到美国来，谁知却失踪了。她身上带着自己的两百元积蓄，还有托宾卖掉在博格尚诺继承的一所漂亮小房子和猪所得的一百元。托宾接到过一封信，说她已经动身上他这儿来，可是从那以后就杳无音信。托宾在报上登了广告，但就是没找到这姑娘。

于是我和托宾便同去科尼，以为换换环境，吃吃香喷喷的玉米花，他的情绪会好起来。谁知托宾是个死脑瓜子，横竖开不了窍，听到人叫卖气球，他咬牙切齿；看到电影，他便开口骂；邀他喝一盅他还会干，但他见了柠檬水会嗤之以鼻；见到给人拍照的来了他就想动手揍人。

于是，我带他走铺木板的小道[①]少惹是生非。走到一个六八见方的小棚子边，托宾站住了，眼神恢复了正常。

他说："只有这地方称我心。尼罗河来的相命师本领大[②]，我

① 美国有铺木板的散步小道，多在海边。

② 尼罗河被视为埃及的象征，而埃及当时相命师很出名。

请他们看看手相，看命里注定究竟会如何。”

托宾相信预兆，还有稀奇古怪的东西，什么黑猫[①]啦，预测吉凶的数字啦，还有报纸上登的天气预报[②]啦，他都莫名其妙地当真。

我们走进相命师鸡笼似的小棚子里，只见里面挂着红布，还有像铁路枢纽般线路纵横交错的掌纹图，很有令人莫测高深之感。门上的招牌写着：埃及女手相大师佐佐。里面坐着个胖女人，身穿红短褂，短褂上绣着歪歪斜斜的字和小动物。托宾给她一角钱，摊开了手掌。他那手跟拉车运货的马的蹄子差不多。女手相大师抓起来细看着，想瞧瞧托宾登门是不是为一颗宝石让青蛙吞到肚里了，或者是掉了鞋样。

这位佐佐大师说道：“老弟，从你的手相来看呢——”

托宾打断了她的话：“你看的不是我的脚。漂亮固然算不上，手总还是手。”

女大师说：“从手相看，你从小到大不是一帆风顺，往后还有灾。这根婚姻线——哟，是石头碰伤了还是怎么的？线上显得是动了姻缘。为了女朋友，你已经遭到了挫折。”

“她这是在说卡蒂·马霍纳。”托宾偏过头对我说，但声音不轻。

手相师又说：“有个人你总忘不了，又伤心，又着急。从纹路上看，是个女的，名字里有个字母是K，还有个是M[③]。”

“哟哟！听见了吗？”托宾对我说。

---

① 美国作家爱伦·坡写过一篇题为《黑猫》的小说，小说中的黑猫受主人虐待而死，后显身报复，使主人家遭大火家破人亡。

② 当时天气预报准确率低，可能由于这个原因，作者将天气预报与迷信活动相提并论。

③ 卡蒂·马霍纳的英文拼写为Katie Mahorner。

手相师往下又道："遇见一个黑皮肤的男人和一个轻浮相的女人你得小心，这两个人会叫你遭灾。不出多少日子你会行水路，要破财。有一条掌纹使你时来运转。你要遇上一个人，他会带你交好运。这人长着个弯鼻子，你见了能认出来。"

"他的名字手相上看得出吗？遇上了他带我交好运，知道名字好让我跟他打招呼。"托宾问道。

手相师若有所思说："手相上看不出名字怎么拼，但是看得出名字很长，当中必有字母O。相看完了。再见。别把门堵住了。"

"这女的真神！"托宾边上码头边说。

挤过码头的门时，一个黑人手里的雪茄烟烫了托宾的耳朵，闹出了乱子。托宾在他脖子上使劲来了一拳，在场的女人一个个尖叫起来。我见势不妙，没等警察赶到，便把托宾一把拉开。这家伙兴起的时候有得好瞧！

坐上往回开的船以后，托宾听到有人叫卖名牌啤酒。这时他知道了刚才的错，很想喝杯啤酒，可是伸手往口袋里一摸，发觉口袋空了。刚才有人在混乱中掏走了他的零钱。我们只好不喝，坐到长凳上，听甲板上的南欧人弹琴。要说这一趟出游有什么收获，那就是托宾又遇上了倒霉事，比原来更丧气，更无精打采。

船上有个年轻女人靠在栏杆上坐着，凭一身穿着的费用够得上坐高档红汽车，头发的颜色像没抽过烟的海泡石烟斗。托宾从她身边经过时无意中踢到了她的脚。平常他喝了酒对女人也是彬彬有礼，这一次更是，想抓起帽子表示道歉。可是他倒把帽子碰掉了，又遇上风，帽子吹落到水里。

托宾走回来后坐下了。我留心看着他，他遇上的倒霉事已经太多。如果让倒霉事怄急了，见到穿漂亮衣服的人他真会抬腿踢，还会抢过船来开。

托宾坐了一会儿，突然抓住我的一只手，兴奋地说：“约翰，你看我们现在怎么啦？我们不是在走水路吗？”

“走水路也别兴奋，船再过十分钟就靠岸了。”我说。

“你瞧，瞧那坐在凳上的轻浮相女人。还有那烫了我的耳朵的黑人，你没忘吧？我不是丢了钱吗？有一元六角五分呢！”

我以为他只是在数他遭的难，像许多人那样，发作起来有个借口，便好言劝道，别把这些事看得太认真。

“得啦，”托宾说，“预言家就是有天才，通了神的人说话就是灵，你长着耳朵还听不进。那手相师看了我的巴掌说什么你忘啦？眼见着都应验了。她说‘遇见一个黑皮肤的男人和一个轻浮相的女人你得当心，这两个人会叫你遭灾’。你就忘了那黑人？虽说我也揍了一拳，让他遭了报。我帽子吹到水里去要怪那黄头发的女人，你说说看，这种女人不轻浮谁轻浮？出了射击场以后，放在我衣服里的一元六角五分钱又是到哪儿去了？”

托宾说得头头是道，似乎当真有人能未卜先知，但我认为，这些事无论谁到科尼都可能遇上，不能说是手相师灵验。

托宾起身满甲板地走，用发红的小眼睛细细打量船上的乘客。我问他这是为什么。托宾心里想的事你不知道，除非他干出来。

他说：“告诉你吧，从我的手相上看，我能遇上救星，我这就在找。我要找着那个能使我时来运转的弯鼻子人。只有这样，我们才有救。你这辈子哪儿见过该下地狱的人长着直鼻子的，约翰？”

船九点三十分靠岸，我们下了船，从二十二大街进城。托宾没戴帽子。

走到一个十字路口，我看到一个人站在汽灯下路面高的地方望着月亮。他个子高，衣着讲究，嘴里叼着一根雪茄。我还发现他的鼻子从鼻梁往下拐了两个弯，就像蛇爬行时身体摆动着一样。托宾这时也看见了。我听见他呼吸声很响，如同一匹刚卸鞍的马，直喷鼻息。他直向那人走去。我也跟着他走。

“你好！”托宾对那人说。那人善交际，拿出根雪茄，也还礼问好。

托宾说：“请问你尊姓大名，让我们看看是长是短。也许我们有必要跟你结识结识。”

那人很有礼貌地说：“我名叫弗里登豪斯曼，就是马克西默斯·格·弗里登豪斯曼。”

“长短倒对上了，”托宾说，“这么长的名字拼起来是不是用得着一个字母O呢？”

“那没有。”那人说。

“你就写进一个O不行吗？”托宾问道，心急了。

“如果你从心底里不喜欢外国拼法，那么悉听尊便，在倒数第二个音节加上一个O未尝不可。”长弯鼻子的人说。

“这就行啦。”托宾说，“我们俩一个叫约翰·默伦，一个叫丹尼尔·托宾。”

“幸会，幸会！”那人说着一鞠躬，“想来两位不会在十字路口举行拼写比赛，那么请问，刚才说这么多话究竟有何贵干呢？”

“就为你有两个特点与埃及手相师替我看相时讲的一模一样。”托宾答道，开始讲他的缘由，“我遇上个黑人，倒了霉，坐船又碰到了个黄头发女人跷起脚，又没好事，还破了一元六角五分的财，都应了手相师的话。她说只有你能消灾，让我时来运转。”

那人不再吸烟，看着我，问道："你看他说的是不是这么回事？你们俩该不一样吧？我看你的模样像是在照看他。"

"是这回事。"我对他说，"而且我朋友的手相上注定要遇上你这么个人，你跟手相师说的没两样，就像左马蹄跟右马蹄没两样。要是有两样，丹尼尔的手相上也许还是看得出来，那谁能说？"

"你们俩是一起的。很高兴见到了两位。"长弯鼻子的人说着往街两头望，盼望有警察来，"再见吧！"

说完他把烟塞进嘴里，横过马路快步便走。但托宾紧跟在他身边，我也跟在他另一边。

"干什么？"他马上在人行道上站定了，把帽子往后一推，"你们还要跟着我？"他提高嗓门，嚷道："告诉你们吧，见到两位十分荣幸，可是我不想再跟两位打交道。我现在要回家。"

"那行，回家就回家吧。"托宾说，靠在他衣袖上，"我就在你家门口等，到明天早上你总还得出来。我遇上了黑人跟那黄头发女人，又破了一元六角五分财，倒了霉，除霉气非你不行。"

"这真是莫名其妙！"那人转身对我说，他认为我是两个疯子中神志清醒些的，"请你带他回家好吗？"

我对他道："先生，你不知道，丹尼尔·托宾现在精神正常，平常也正常。是这么回事：大概他多喝了两盅，兴奋了，又理不清思路，便有一点点糊涂。他就想脱掉手相师说的倒霉气，也没做出什么越轨违法的事来。我这就向你详细说说。"接着我把手相师怎么相命，他的特征与从手相上看出的救星怎么相合，都告诉了他。最后我说，"现在你总该明白我在这出戏里唱的什么角儿了吧。我是托宾的朋友。当有钱人的朋友容易，有便宜占。做穷人的朋友也不难，他们会对你千恩万谢，还可以在报上登个照片，让人看到你一手提着一箱煤，一手抱着个孤儿站在一家人家门前。但是当天生傻瓜的真朋友就难，要有几手当朋友的本领。我现在当的就是这种朋友。我知道我伸出手看手相看不出好命，条条纹路注定了要干为难的事。没错，全纽约就数你的鼻子最弯，我还是不相信算命的人就那么灵，能看出你可以让人时来运转。不过呢，你的特点与丹尼尔手相上看出的一点没差，所以我想帮他试试看，除非是他知道了你真办不到。”

那人听完以后便马上笑起来，靠在墙角上放声打哈哈。笑过以后手往我和托宾背上一拍，接着又抓住我们的手臂，一边一个。

他说：“误会，误会！我哪能料到会遇到这种凑巧事？差一点就对不起两位了。离这儿没几步有家咖啡馆，里面舒服得很，去聊聊各人的个性最合适。我们就喝上一杯，边喝边谈有没有绝对可能或不可能的问题。”

说着，他领我和托宾进了一家咖啡馆的后厅，要了几杯，把钱放在桌上。他看着我和托宾时的神态，仿佛他是我们的兄长。他还请我们抽烟。

“两位还不知道，”命中注定相逢的人说，“我干的那一行就是所谓‘动笔杆子’。今天晚上我出门寻找人的个性和上天遵循的永恒。你们见到我时，我正在思考明媚的月亮与路的关系。明月照马路的暂时现象很有诗意，很美，虽然月亮只是一个万古不变，没有情感，不停运动的物体。当然，各人的看法不会相同，在文人眼里，条件是颠倒过来的。我很想写一本书，解释我在生活中遇到的千奇百怪的事。”

“那你可以把我写进去，”托宾迫不及待地问，“你会把我写进书里吗？”

“我不会，”那人答道，“因为你上不了封面，现在还不行。至多我个人喜欢你，摧毁出版界限制的时间还不成熟。你的事见诸文字会妙绝。这份高兴只好归我一人独享。但是两位，我谢谢你们，我真心感谢你们。”

“你越讲越叫我憋不住了！”托宾开口了，在桌上哨地一拳，还吹胡子瞪眼睛，“你长着个弯鼻子，本来弯鼻子会让我时来运转，可是你给人的好处像大鼓响，听得见摸不着。你口口声声书呀书，有什么用？只是吹过缝的风，会呜呜叫。这样看来，看手相不顶用，灵验的只有那黑人、黄头发女人，还有——”

那高个子打断了他：“别瞎闹！你别让相命那玩意儿迷了心窍。我的鼻子只能干它分内的事。来，把杯子倒满，边喝边谈，一本正经只谈不喝，谈不起劲。”

我觉得这动笔杆子的人没有白相逢。我和托宾已身无分文，但这个人高高兴兴地把三人的账全付了。托宾却只闷声喝着，很不痛快，眼睛发红。

最后我们出了咖啡店，在人行道上站了站，这时已是夜晚十一点。那人说他得回家，邀我和托宾送他一程。过了两个路口后，我们到了一条小街，这里有一片砖房，屋前有高坪台和铁护栏。那人走到一所砖房前停住了脚，抬头一望顶层窗口已没有了灯光。

“这就是寒舍，”他说道，“看样子我太太已经就寝。恕我冒昧，两位不嫌弃就请进。想请两位就座地下室，我们吃上一顿，也好提提神。有美味冷鸡，干酪，还有一两瓶酒。欢迎两位来进餐，你们陪我一程，十分感谢。”

我和托宾已经饿了，同时也觉得吃一顿并不能算昧良心的事，便都没推辞。托宾不过还是迷信他那一套，认为喝上几盅，吃上一顿冷餐，也应验了手相上注定的交好运。

“请下阶梯，”长着弯鼻子的人说，“我先从上边门进，再领两位。厨房里新请了位姑娘，我去叫她烧壶咖啡，让两位喝了再走。卡蒂·马霍纳是才来三个月的新手，咖啡烧得倒挺好喝。请进吧，我去叫她伺候两位。”

口哨大王迪克的圣诞袜

口哨大王迪克小心翼翼，轻手轻脚地推开车厢的后门。市政府法令第五千七百一十六条规定可以（也许这不合宪法）逮捕嫌疑分子，而他近来已熟知这一条的厉害。所以，他像一名沙场老将般心细，下车厢前先要向四周扫一眼。

这座既大方又长期吃着苦头的南方大城市到天冷的时候是流浪汉的乐园，与他上次来相比看不出变化。车停在长堤，堤上黑乎乎一堆一堆放着的全是货物。微风吹来一阵阵盖在包上、桶上的旧油布那熟悉而难闻的气味。浑浊的河水在船的夹缝中哗哗流过，水面漂着层油，流到远处的沙尔梅特，拐了个大弯。他看得出来，因为拐弯处亮着排电灯。河对岸是阿尔及尔，像一长条不成形的墨迹，在远处天边曙光的衬托下颜色显得更深。一两艘拖船真可谓勤劳，一大早就来接到港的船。拖船的汽笛尖声鸣叫，像是在报晓。意大利的帆船满载着新鲜蔬菜和贝类，慢慢靠岸。隐隐约约还有一种隆隆的声音，开始响起来，一听就知来自地上，那是马车轮和电车轮发出的。玛丽·安水上运输公司的渡船憋着一肚子闷气启动了，开始做每天早上伺候人的差事。

口哨大王迪克戴红帽子的头突然缩回了车里。眼前冒出了一个他不敢多看的有神通的庞然大物。原来是名个子特大的警察，他从一堆米袋后钻出来，站在离车不到二十码处。阿尔及尔上空每天黎明创造的奇迹也引起了这位市府要员的兴趣。他目不转睛、神态庄重地注视着，直到发亮的彩霞渐渐消失，才把宽阔的背转过去。看来他认为没有必要动用法律干预，太阳会平安无事地升起。所以他现在已面朝米袋。他从里面衣袋里抽出一个方形小手电，放到嘴唇边，望着天空出神。

口哨大王干的这行就是东奔西跑，与他算半个朋友。以前他们夜里在长堤上相遇过几次。警察爱好音乐，曾经欣赏过这位无所事事的流浪汉美妙的口哨。然而，现在这场合口哨大王不愿见熟人。在寂寞的码头遇见警察吹几首歌给他听是一回事，爬出货车时让警察抓住又是一回事。所以迪克等着，因为就是新奥尔良的警察也不会老待在一个地方不动（也许这是上天的一种制约手段）。果然，没多久警察大人就消失在两行车流中。

口哨大王迪克直等到他认为平安无事时才赶快溜下车。他装出副每天出来卖劳力的本分劳工模样，穿过铁路网，想从冷落的吉罗德街到拉斐特广场，坐到条长凳上等一个事先约好会面的人。这个冒险家外号“滑头鬼”，见一节载牲口的车一块木板松了，趁机钻进去，比他还先一天到。

弥漫着难闻霉味的大仓库睡意尚未消退，口哨大王迪克在仓库区走着走着吹起让他赢得了这个美名的口哨来。声音轻而清晰，每个音符都像食米鸟的叫声那样真切动听。声声口哨碰到冷冰冰的高砖墙上，像滴滴雨水洒进了水潭里。他模仿了一种风格，又青出于蓝而胜于蓝。你仿佛听到了山间溪流淙淙在响，冰凉的浅水中灯芯草在微颤，要入睡的鸟儿轻轻地叫。

转过一个街角，口哨大王撞上一个大个子，穿身钉铜纽扣的蓝制服。

大个子很随和地说："你又回来啦？没过两个礼拜霜才不会打哩！你都忘了口哨该怎么吹，最后一个小节有个音吹错了。"

"警察也对这个内行？"口哨大王迪克用对老熟人说话的声气问道，"你只懂点德国乐队的一套[①]。警察也懂音乐？你竖起耳朵再听听。我是这样吹的，知道吗？"

他圆起嘴唇，但大个子警察抓住了他的手。

"等等，你先学点正道。"他说，"石头滚的声音一个钱也不值，这你得明白。"

大个子的八字胡变成了一个圆，圆洞的深处发出一个柔和的声音，像只短笛在吹奏。他仿照流浪汉吹的风格反复吹了几个小节。他的批评不讲情面，但是正确。他还着重指出了他挑剔的那个音错在哪里。

"那个音是本位音，不是降半音。顺便告诉你吧，今天我看到你要算是你的运气。再过一个钟点，我就要让你蹲到笼子里去吹啦。上面有话，出太阳以后把所有流浪汉都要收拾起来。"

"收拾谁？"

"收拾流浪汉，凡没有落脚地方的都算。一关就是三十天，要不就罚十五块。"

"你是说正经话还是跟我开玩笑？"

"我这是好言相劝。我给你透个信，是看你没别人那么坏。另外就是看你吹《保卫自由》吹得比我好。你转个弯碰上别的警察就糟啦。还是到市外躲几天吧。再见！"

每年有一帮乱七八糟的陌生人到新奥尔良，躲到它的羽翼之下，现在这位好妈妈终于不愿再干了。

---

① 从原文看，这名警察说话带很重的德国口音。译文无法表现出原文的语音特色。

大个子警察走了以后，口哨大王迪克站着犹豫了一会儿，心里又恼又恨，因为他这位不守规矩的房客被勒令滚蛋了。原来他想得美，以为只要与他的朋友会了面就万事大吉，他们可以在码头闲逛，饱尝水果船卸货时落到地上的香蕉和椰子，然后到免费食品柜[①]去大吃一顿，那儿的店主个个随和，不知是由于心好还是大方，绝不会撵他走。吃过了到还开着花的小公园里抽斗烟，再上码头哪个偏僻角落睡上一觉。但现在下了硬性逐客令，他知道逐客令不可违。他把机警的眼睛大睁着，没见到闪光的铜纽扣，转身往郊外躲。在乡下待些日子肯定没关系。除了霜冻使人有些难熬，别的倒不大可怕。

然而，口哨大王迪克沿河走过老法国市场时，已经灰心丧气。为保安全，他在众目睽睽下还得装样，仿佛就像正经工匠去做工。市场上有个摊主眼尖，用对他这伙人的俗称叫了他一声，让这位“杰克”[②]吃了一惊，忙停住脚步。摊主见自己果然有眼力，得意扬扬，打发了他一段腊肠、半块面包，这样一来早餐的问题也就解决了。

由于地形关系，后来街道离开了河岸，迪克于是爬上长堤，在熟悉的路上继续走。市郊也以怀疑的冷眼对他相看，路上遇到的人个个板着面孔，与市内的法令一样没心肝。他念起市里熙熙攘攘的人群的好处，正因为人多，他总是觉得安全。

不停地走出六里地后，到了沙尔梅特，这一大片叫人眼花缭乱的工业区却跟他一下子闹起别扭来。这儿在建一个新港，码头正在施工，气压机已经竖了起来，四面八方是挥动的镐、铲，来来往往的手推车，他见了就像是四面八方有蛇在向他爬来。一个

---

① 美国昔日有由酒吧或沙龙供应用来招徕顾客的免费食物。

② 杰克，即是对流浪汉的俗称。

神气十足的工头直冲他走来，眼瞅着他的健壮肌肉，似乎要把他当壮丁抓。他身前身后深褐色皮肤的，黑皮肤的人在不停地卖苦力。他吓到了，夺路而逃。

中午他到了一片庄园区，也与大河相连，但冷清清一派无边的寂寥景象。他举目一望，辽阔的甘蔗田最远处竟与天空相连。正逢榨糖旺季，砍蔗人在忙碌着，大车跟在他们身后嘎吱嘎吱有气无力地响。赶车的黑人用浑厚、好听的嗓门吆喝着骡子快走。在蔗田远处隐隐约约见到有深绿色的树丛，那儿肯定是庄园上的住房。糖厂高高的烟囱在数里外都可望见，好似海上的灯塔。

口哨大王迪克的鼻子灵敏，嗅到不知什么地方飘来的一股油炸鱼香。猎犬没有找不到鹌鹑的，他下了长堤，径直朝世代打鱼的淳朴渔民住的帐篷走。他又吹歌又讲故事，让这些人着了迷，混到了一顿饭，而且被待为上宾。然后他躺到树下，一觉打发了一天中最难熬的三个小时。真是会过日子。

醒来后他又上了路。叫人睡得暖融融的白天一过，空气中出现了降霜的迹象。外来客对寒夜的征兆脑子里有了反应，加快脚步，想找一个栖身之地。他在堤脚沿着一条随长堤延伸起伏的路不停地走着，但并不知道会跑到什么地方。一路是灌木和茂盛的野草，把车辙都盖住了。伏在草里的虫一窝蜂跟着他，还一齐恶狠狠地尖声嗡嗡叫。夜色越来越深，虽然天气也越来越冷，蚊子却贪婪而心急，乱哄哄直嚷，盖过了其他声音。右边的天幕下出现了一盏绿灯在动，跟着动的是桅杆和烟囱，像银幕上幻灯片的桅杆和烟囱。一艘大船开来了。他左边是神秘的沼泽，沼泽里有奇怪的咯咯声和低沉的嘎嘎声。善吹口哨的流浪汉听了这些声音心烦，吹起了支轻快的曲子解闷。在这种荒凉冷落的地方，自从牧羊神在草上跳过快步舞以来，这种音乐还从没有听过。

他身后远处传来嘚嘚声。没一会儿，听清了原来是急促的马蹄响。口哨大王迪克闪到一旁起了露水的草上，让开道。回头一看，是匹漂亮的灰色高头大马拉着辆四轮双座马车过来了。一个八字胡的胖大个子坐在前面座位上，眼睛死死盯着手中的缰绳。他身后坐着个文静的中年女人和一个尚未成年的漂亮女孩。赶车人膝盖上的膝布滑落开了，口哨大王迪克看到他的两只脚夹着两个大帆布袋，正是他浪迹都市时亲眼见人在银行门口搬上货车的那种袋子。车里还堆满大大小小形状不等的包。

马车飞驰而过，但那长着对明亮的大眼睛的女孩一时心血来潮，竟然探出身子，向他露出甜蜜动人的微笑，用尖嗓门热情地喊道："圣——诞——快——乐！"

这种情况口哨大王迪克不常遇到，一时还不知怎样回答才好。时间不允许他多想，他只本能地抓起破礼帽，一下摊开双手，又慢慢收回来，对飞跑而去的马车大声然而只是应酬似的嚷着："你好哇！"

就因为女孩这个突然举动，一个小包松开了，掉下件软软的黑东西。流浪汉拾起来一看，原来是只新黑色丝袜，又细又长又漂亮，已经压皱了，但手感柔软舒适。

"这宝贝小丫头！"口哨大王迪克在想，乐得雀斑脸笑开了花，"还真没想到有这种事！圣诞快乐！声音像杜鹃鸟那么好听，这些人可真够意思。不管你相信不相信，那老兄包里的东西还会掉下来让路人捡，就像丢个发干的不值钱的苹果。圣诞节去买东西，小家伙掉了只新袜子，我看她到时候挂什么！这宝贝小丫头！她叫'圣——诞——快——乐！'你猜怎么来着！等于是说'喂，杰克，你过得怎么样？'多叫人高兴，我好比去了趟最热闹的大马路，好比美餐了一顿。"

口哨大王小心地叠好袜子，塞进口袋里。

过了将近两小时，他才看到房屋。路一拐弯，一片庄园出现在眼前。有所大房子成正方形，左右有厢房，窗子多，又大又明亮，还建了游廊贯通前后，他一眼认出，这是庄园主的住房。它坐落在一片平整的草坪上，屋子里的灯光远远射来，隐约可见。四周有亭亭如盖的大树，沿墙和围栏还种着灌木，也长得非常茂盛。帮工的住地和机房、厂房在后面，与这所房还隔着段距离。

走到这时，路两边有了护栏。不一会儿，口哨大王就靠近了那片房屋。突然，他收住脚步，用鼻子嗅着。

“要是这附近没有一帮流浪汉在炖好吃的，我的鼻子算是白长啦！”他心里在想。

他毫不犹豫地翻过护栏，往香气飘来的方向走，结果到了块堆着旧砖块和废烂木头的地方，显然这地方现在已派不上用场。在角落里有火在烧着，不旺。原来只是一堆燃着的煤。火四周有几个人，或坐或躺。他走近时，火光突然一亮，让他看清了一个人。是个胖子，穿件旧褐色毛衣，帽子也是旧的，褐色。

“这家伙与波士顿·哈里没两样。让我吹吹口哨试试他看。”口哨大王迪克轻声自言自语着。

他用爵士音乐的曲调吹了一两个音节，这些人应声和起来，最后以独特的急奏结束。第一个吹起口哨的人信心十足地走到火边。胖子抬起头，大声然而上气不接下气地说：

“各位，这位受欢迎的不速之客是口哨大王迪克先生，我的老朋友，我担保绝对可靠。多摆份餐具，请大王先生跟我们一道进晚餐。有他光临，我们这顿饭会吃得高高兴兴。”

“波士顿，你又咬文嚼字啦！”口哨大王迪克说，“不过我还是得谢谢你请客。我跟大家在一起也非常高兴。今天早上一个警察给我透了风。你们在这地方干活吗？”

“客人没吃饱肚皮，千万别得罪了主人。”波士顿口气严厉，“这是规矩。干什么活！——不过我会适可而止。我们五个——我、聋子皮特、眨眨眼、护眼镜，还有印第安人汤姆——商量好了一个主意，到新奥尔良专找街上那些外地来的人下功夫。昨天下午，晚霞刚落到大地，我们就上路了。眨眨眼，你把左边那只空牡蛎罐头给你右边这位空着手的先生。”

接着，这帮行踪无定的人专心致志地吃起饭来，吃了十分钟。空地上原来乱丢着一些罐头，他们把里面的土豆、肉、洋葱搜罗起来，放进一个五加仑装的大煤油罐里，煮了一罐。

口哨大王最近刚认识波士顿·哈里，知道他机灵过人，在他那帮弟兄中最有造化。哈里看起来像个生意兴旺的牲口贩子，也像乡下来的实力雄厚的商人。他的个子又胖又大又结实，脸红扑扑的，胡子刮得很干净。衣服料子结实，穿着整洁，对那双非常体面的鞋更是倍加爱护。过去十年里，他行骗有方，从没有哪一天失过手，认识他的人个个望尘莫及。同伙的人都说他已经积了一大笔钱。另外四个鬼头鬼脑，衣服不像样，有股臭味，明摆着是些“可疑分子”。

大罐子吃了个底朝天，煤火又吹旺了。有两个人把波士顿拉到一边，轻轻说了件机密事。波士顿赞同地点点头，然后对口哨大王迪克说：

“你听着，好小子，对你实话实说吧。我们五个有笔买卖。我已替你作了担保，得了利益你与弟兄们平分，但你得出把力。明天上午这个庄园的二百名帮工要发一星期工资。明天是圣诞节，这些人想歇一天。老板说：‘从早上五点干到九点，把一火车甘蔗装好车，我给你们每人发这星期的工钱和一天的加班费。’这些人说：‘老板，行呀！我们干。’今天他赶车到了新奥尔良，取回了硬邦邦的钱，有两千七百四十五元。这个数目我是从一个快嘴那儿听说的，快嘴又是从管账的那儿知道的。庄园的老板以为这笔财富会发给为他干活的人。他打错了算盘，他会让我们白得。不干活的才有钱得，历来如此。先讲清楚，这笔买卖一半归我，另一半你们几个平分。为什么你我有区别呢？因为出谋划策的是我，这一招是我想出来的。我们弄到这笔钱的办法是这样的：屋子里现在有客人在吃饭，但到九点左右会走。他们来了才一个多钟头。即使他们没这么快走，我们的计划一样能实行。这么多钱要搬整整一晚，重得很。九点左右，叫聋子皮特和眨眨眼到房子下面不远的地方去，在那片还没动手砍的甘蔗地里放把火。现在风大，过两分钟便会烧得呼呼直叫。再那么吆喝一声，这地方大大小小的人都要赶去灭火。这一来房子里就只会剩下钱袋和女人让我们收拾。你听到过甘蔗地烧起来有多响吗？等着瞧吧，火噼噼啪啪，几个女人的叫声还能听得见？没那么大嗓门！这件事万无一失，怕只怕拿了钱没走多远让人逮住。现在如果你……”

“波士顿，”口哨大王迪克站起身打断他的话，“谢谢你们几位给了我一顿吃的，可是我得走啦。”

“你这是怎么啦？”波士顿也站起身，问。

“没什么，就是这事你们别把我拉扯上。这你也知道。我虽然也四处流浪，但这种事情可不干。偷东西不行。再见了，多谢……”

口哨大王边说边走，但没出几步突然停住了，波士顿拿着把大口径手枪对准了他。

“你给我坐下，”流浪汉头目说，“老子要是让你跑了，毁了这件事，算老子是狗熊。你就待在这地方，看我们把事情办完。以那堆砖头为界，走出一步我就一枪收拾了你。你给我老实点吧。”

口哨大王迪克说：“我就这个样。好说。你把枪口放下，让他们几个去干他们的事。我不走，像报纸上说的，还‘在你们中间’。”

他说着走回来坐到那堆木头的一块木板上。波士顿放下手枪，说：“这就行啦。记住，别想溜。这样的机会难得，就是要开枪打死个老朋友我也在所不惜。我并不想无缘无故动手伤人，不过为了这一千块，也得横下一条心干。以后我再也不想四处流浪了，打算到小镇上开个酒店。这么东奔西跑，我已经跑够了。”

波士顿·哈里从口袋里掏出块廉价银表，凑到火边看看，说：

“九点差十五分。皮特，你跟眨眨眼现在就动手。顺着这条路走，过了房子放火烧甘蔗地，要多放几把火。放了往堤上跑，从堤上再绕回来，别走大路，这样就不会遇上人。等你们回来时，那些人都去灭火了，我们只管进屋子捞钱。谁身上有多少火柴，一根一根全都拿出来。”

两个流浪汉马上动手把在场人的火柴全搜拢来。口哨大王也贡献了他的一份，动作特别快。然后，他们俩在暗淡的星光下朝大路走去。

三个剩下的流浪汉中，护眼镜和印第安人汤姆两个懒洋洋歪倒在木板上，盯着口哨大王迪克，眼神里明显流露出恶意。波士顿见不肯入伙的人还算安分，松了口气。口哨大王迪克过一会儿站了起来，来回信步走着，但始终没敢越出雷池一步。

“这庄稼汉恐怕不会让你知道他家里放了钱吧？”他说着在波士顿·哈里跟前停了下来。

波士顿答道：“我什么事都摸得一清二楚，知道他今天赶车到新奥尔良把钱取来了。现在你该回心转意跟着干了吧？”

“谈不上，我只不过问问罢了。他赶车用的是什么马？”

“两匹灰马。”

“是四轮双座马车？”

“正是。”

“车上有女人吗？”

“有老婆孩子，你说说，你是为哪家早报在采访新闻？”

“我是闲得无聊才问问，今天下午天快黑时我在路上遇见辆车，大概就是这一辆。没别的。”

口哨大王迪克站在火边又吹起曲子来，伸手往袋里一摸，摸到了路上捡到的那只丝袜。

“这宝贝小丫头！”他脱口而说，笑咧了嘴。

他来回走时一看，只见庄园主的住房在大约七十五码外。当中还隔着树，他是透过树干的空隙看到的。朝他的这一面有大窗户，灯光通亮，照见了宽阔的游廊，还照见一片草地。

“你说什么来着？”波士顿厉声问。

“哦，没说什么。”口哨大王迪克答道，悠闲着走来走去，故意踢起地上的一块小石头。

嘴不停地在吹的流浪汉心里还想着：“真是大方，不怕生人，又棒得很，还说‘圣——诞——快——乐’。还真没想到会有这种事！”

贝尔米德庄园餐厅里正在开席，比预定时间晚了两小时。

餐厅和餐厅里的一切都古色古香，是家传的，而不是仿古的。餐盘十分贵重，历史悠久，式样奇特，没有一点时髦气息。墙上有名人在角落上签过名。吃的东西叫美食家也叹为观止。跑腿的仆人动作快，嘴不出声，菜很丰盛，保持了时代的风尚。庄园主一家与客人的姓氏都是已载入两国①史册的家族姓氏。他们的举止与言谈很不随和，可以说到了拘泥的程度。庄园主本人似乎兴致最浓，话最多，座上年岁比他轻的人要抵挡他的谈锋难而又难。为了赢得女伴的夸奖，年轻人的确曾多次想与他较量，但即使在瞄准了才放出箭时，庄园主答过话后便发出雷鸣般的大笑，叫人招架不住，只好认输。桌子上首是文静、和蔼可亲的女主人，她不时对这位或那位微微一笑，或者说句得体的话，或者投过一道赞许的目光。

在座人的话题太杂太散，无须细表，但最后谈到了流浪汉这个祸害，最近方圆若干里内的庄园都吃到了苦头。庄园主马上借题发挥，火力射向女主人，说她火上浇油。他道："每年冬天这些人沿河上下成群结伙。他们遍及新奥尔良，容不下的归了我们，而最坏的十有八九正是到我们这儿的人。早一两天新奥尔良发现被这支流浪大军搅得过不了日子，突然对警察下了一道命令：'把他们统统抓起来。'警察抓了一二十个，剩下的三四千跑到了大堤上，可是这位太太（他用切肉刀不满地指指女主人）还给他们东西吃。这些人不干活，和我的监工作对，跟我的狗交朋友。太太，你当着我的面给他们吃的，我想阻拦你还要恐吓我。你说说看，今天你对多少人行了好，纵容他们以后游手好闲干坏事呢？"

太太想了想，一笑，答道："我记得有六个，可是他们有两

① 原文在下文中出现了法文，所以两国该包括法国。另一国是指英国或美国，从文中难以判断。

个表示要帮着干点活，这是你亲耳听见了的。”

庄园主叫人招架不住的笑声又响起。

“没错，干他们的本行。一个是扎花的，一个是吹玻璃的。哼，他们是想找工作！他们就没一个人表示愿意干体力活。”

好心肠的女主人说：“可是另外一个说话文雅，在这帮人中间的确罕见。他还有块表，原来住在波士顿。我不相信他们个个都坏。我总认为这些人是受的教育不够。我看他们虽然胡须不停地长，但脑子没有开化，还像孩子。今天傍晚我们赶车回来遇上一个，不但脑子没开化，脸上还带稚气。他在吹《克瓦勒里厄》的插曲，吹出了马斯卡尼[①]乐曲的风格。”

坐在女主人左边的一个大眼睛少女把身子凑过来悄悄说道：

“妈妈，我猜我们路上遇到的流浪汉一定捡到了我的袜子，你想他今天晚上会挂起来吗？现在我只能挂一只。我的袜子有很多，你知道为什么我还要买双新丝袜？原来呀，米迪阿姨说，如果你挂两只从没穿过的袜子，圣诞老人就会在一只袜子里装上好东西，庞姆先生往另一只里装，是不是好东西要看你圣诞节前一天说好话还是坏话，句句话都有报应。所以今天我对谁都特别好，特别有礼貌。你知道，庞姆先生有魔法，他……”

女孩的话被一件意外的事打断了。

仿佛是烧尽了的流星的灰烬闯了进来，一团黑东西从窗而入，当啷一声落在桌上，把好些玻璃器皿与瓷器打成亮晶晶的碎片，反着光，光从并排坐着的客人间隙中穿过，照到墙上，墙上的光影看起来像一把大锯子，锯齿又深又圆，形状可怕，连今天到贝尔米德的客人听主人说起这件事都忍不住往墙上看。

女人用各种音调尖叫着，男人一跃而起，要不是时代已经变

---

① 马斯卡尼（1863—1945），意大利歌剧作曲家。《克瓦勒里厄》为其著名的独幕剧。

迁，他们准会拔出佩剑。

庄园主最先镇定下来，一把抓起射进的飞弹，放到眼前细看。

“好家伙！”他叫道，“下了一阵陨石！难道说现在人跟火星就建立了往来？”

“不对！应该说是金星[①]。”一位年轻的客人顶撞道。他满怀希望地朝几位还没答话的年轻女宾看看，就等她们夸奖他说得妙。

庄园主伸长手让这位不懂规矩的客人看，原来是只黑色长袜子。“里面有东西。”他说。

接着，他把袜子翻了过来，袜子里掉出一块圆圆的小石头，外面包了层发黄的纸。他嚷道：“这是本世纪的首次星际传书。”他又对围在他身边的人点点头，若有其事地挪挪眼镜，仔细看着。刚一看完，他摇身一变，从一位谈笑风生的主人变成了果断的实干家。他马上摇响铃，对闻声轻手轻脚赶来的混血种仆人吩咐：“先叫韦斯利先生找里夫斯·莫里斯和十个他们信得过的精壮人手马上到前厅门口。叫他嘱咐这些人配备武器，多带绳索，拉犁的绳也带上。叫他赶快。”说完，他把纸上写的话大声念了出来：

房主：

路边旧砖堆空地上有五个坏蛋流浪汉，不连我算。他们用枪别着我动不了，我用这法子报信。有两个到你屋下甘菜地放火。等你们大火去救火时，他们就到你家抢钱。抢你发的工钱。麻翻你对路上掉了娃子的小孩说

① 金星的英文为Venus，但该词又指罗马神话中美丽可爱的女神维纳斯。年轻人这话是一语双关。

圣蛋快乐，她对我说了圣蛋快乐。先到路上抓放火的，再派人来答救我。①

口哨大王迪克

接着半小时内贝尔米德的人悄悄地、迅速地采取行动。结果，几个居心不良的流浪汉落网，牢牢关在空闲不住人的屋子里，个个垂头丧气，就等天明后的报应。第二个结果是来客中的青年男宾由于英勇立功，受到女宾的交口称赞，捧上了天。第三个结果你自己瞧吧。英雄迪克成了庄园主的座上客，饱尝从未吃过的美味佳肴，伺候奉承他的还是漂亮的名门闺秀，乐得他嘴里塞得满满的还止不住吹口哨。他详详细细说了他对付波士顿·哈里等一伙歹徒的险遇，怎样巧妙地写了张字条，包着石头，塞进袜底，瞅准机会，悄悄一甩，把颗彗星扔进了餐厅亮着灯的大窗口。

庄园主赌咒发誓，不让流浪汉再流浪；说他是个好人，是个诚实人，应该有好报；不酬谢不足以表达感激之情。难道他不是救了他们，使他们免遭巨额损失，甚至更大的灾难吗？他告诉口哨大王迪克，贝尔米德说话算话，他可以自己说一个数目，且马上会为他安排一个适合他能力的工作；而且提升有望，庄园上薪水高、受信任的职位以后少不了他一份。

大家说他现在一定劳累了，最迫切需要的是休息、睡觉。于是女主人对仆人吩咐了一声，仆人把口哨大王迪克带进仆人住的厢房中的一间屋子。没过多久，端进来一个铁澡盆，澡盆里盛着水，澡盆下垫了一块油布。流浪汉过夜也就在这屋子。

借着烛光，他细看了这屋子。里面有张床，床罩已经掀开，露出了雪白的枕头和床单。地上铺了块已经用破但很干净的红地

① 此段文字中迪克写了很多错别字。

毯。梳妆台上摆着面斜角镜，洗脸架上放着一只花碗，一只罐子，有两三把铺了软垫的椅子。一张小桌上摆着书、纸、一个花瓶，瓶里的玫瑰是当天的。架子上挂着几条毛巾，一只白盘里放着块肥皂。

口哨大王迪克把蜡烛端到椅上，取下帽子轻轻放到桌子下。我们可以猜想他是觉得新鲜才仔细打量了一番。看清是怎么回事后，他脱下衣服，叠好放在靠墙的地上，离澡盆远远地。他并没有用澡盆。他把衣服当枕头，摊开手脚舒舒服服躺到地上。

圣诞节清晨，当沼泽地上出现第一道曙光时，口哨大王迪克醒了过来，本能地伸手抓帽子。他这才记起前天夜里他受到了命运之神的宠爱。他走到窗前，打开窗让清晨的新鲜空气吹醒头脑，把头脑里记忆的梦幻般好运气理出个头绪来。

就在他站到窗口时，耳朵听到了叫他害怕的不祥之声。

庄园里的农工大军想尽早干完分配给他们的活，都起身了。卖苦力无异于遇上巨兽，巨兽在咆哮着，声震大地。他这位穿着破衣烂衫追寻好运从没露过真容的穷王子虽然站在有魔法保护的城堡里，手紧抓着窗台，却仍在颤抖。

榨房里糖桶已经在滚动，发出雷鸣般的响声；赶车人吆喝着牲口在套车，铁链叮叮当当直响，与监狱里的脚镣响声相差无几；一台怪脾气的小型机车拖着一长列平台车皮在庄园的窄轨铁路上冒着气：半明半暗的天色中，隐约可见一长串农工在干活，把一星期砍的甘蔗装上火车，脚步匆匆，嘴还得叫唤。这就是一首诗，一首叙事诗（不对，该说是一出悲剧），其题材是干活，而活在世界上倒霉就倒在干活。

十二月的天冷飕飕，口哨大王迪克的脸却在冒汗。他把头伸出窗外往下一看，见窗下十五英尺靠近墙处种了一溜花，有花必然有一溜松软的泥土。

他像窃贼一样轻手轻脚爬上窗台，翻到窗外，单用两手扒着，然后太平无事地跳下来。房子的这一面附近似乎没有人。他猫着腰，快步穿过院子，到了矮栏杆前。他一纵身跳了过去，是出于害怕才有了股力气，像被狮子追着的羚羊能一跃跳过荆棘丛一样。闯过路边挂着露水的杂草，攀上滑溜溜的草坡，到了长堤顶行人走出的路上。他终于自由了！

东方已泛红，天开始发亮了。风吹着他的脸，向他致意，其实这位小兄弟自己就是个流浪汉。天上飞过几只大雁，边飞边叫。一只野兔在他前面的路上蹦蹦跳跳，忽东忽西，随心所欲，好不自在，大河在静静流淌，当然没人能说得出河水的归宿。

一只长着小花条纹，胸口有褐色羽毛的鸟站在山茱萸的枝条上，婉转地唱起了小曲，歌颂引诱那些傻乎乎的小虫爬出洞来的露珠。然而，小鸟突然不唱了，侧转头听着。

原来，是长堤的路上传来了活泼轻快、优美动听的口哨，像短笛一样又响亮又清脆。天上飞的大雁的歌声没有轻重缓急、抑扬顿挫，但地上的口哨声倒有，而且它带着一种野性的放荡不羁。小褐色鸟似曾熟悉，然而又不知道具体名目。这哨声听起来像一种所有鸟都熟悉的鸟声，但又掺和夹杂了大量艺术的做作，这些东西叫它根本摸不着头脑，所以小鸟只把头歪到一边听着，一直到哨声在远处消失。

小鸟不知道，那奇怪的叫声中它听懂的部分是鸟儿没吃早饭时的叫唤；但它很清楚，它没听出名堂的部分与它不相干；所以它一拍翅膀，像支褐色的箭一样射向了在长堤的小路上慢慢爬的又大又肥的虫。

失语症患者逍遥记

那天早上妻子和我分手时的情形与往常一样。她还没来得及喝第二杯茶，便跟着我走到家门口。在家门口她替我拨去衣领上走了丝的纤维（所有女人都用这个动作表示夫妻关系），叮嘱我注意冷暖，但其实我并不冷。接着，用一吻告别，完全是家里人普普通通的一吻。反正她天天这样吻，我也习以为常。然后用手轻轻一拍我的领带夹，只是弄巧成拙，倒把别得端端正正的领带夹拍歪了。我关上门，听到她拖着拖鞋啪嗒啪嗒走回去喝那快凉了的茶。

我离家时没想到，也没预感到以后会发生的事。病来得突然。

这几个月，我几乎是夜以继日地忙于一桩铁路大案，几天前才赢了官司。事实上，好些年来我潜心法律工作，几乎没休息过。

好心的沃尔尼大夫劝过我一两次，他既是朋友又是我的医生。他说：“贝尔福德，你如果不松口气，会说垮就垮的，不是神经便是大脑要受不了。你说说看，有哪个星期你没见到报纸上登载患失语症的事？没见到有人走失，自己的姓名、身份、往事完全忘光？还不是因为脑子过度疲劳或者心事太重造成的？”

“我看这些事实际上是报社的记者脑子里想出来的。”我答道。

沃尔尼大夫摇摇头。

“这种病的确有。”他说，“你需要换换环境，或者去休息。法庭、事务所、家，你总离不开这三个地方。要说你还有什么消遣，那就是看法律书。你不听劝告，会后悔莫及。”

我辩解说：“每个星期四晚上，我太太跟我玩纸牌；每个星期天晚上，她给我念她妈妈这周来的一封信。要说看法律书不能算消遣，至今还没谁立下这条规矩呢。”

那天早上，我边走边回想沃尔尼大夫的话。我的心情与平日一模一样，也许还更好。

我醒来时发现我原来躺在了普通客车上的狭小座位上，已经睡了很久，肌肉痉挛，动弹不得。我把头靠在座位上，左思右想。过了好大一会儿，才想起我该是有名有姓的人。我摸遍了所有口袋，没有找到名片，也没有找到信、字据，或者有姓名开头字母的物件。但是我在上衣口袋里翻到了几张大面额钞票，共三千元。“我显然是有名有姓的人。”我还是这么想，又开始回忆。

车厢里人很多，大家都没分彼此，而且心情很好，所以我想一定是所有人原来就有过往来。有个人点头一招呼，坐到我旁边的空位子上，打开张报纸。这人个子高大，戴副眼镜，身上散发着肉桂与芦荟味。看过报纸后，他与我攀谈起近来发生的事，这也是旅途中常见的现象。我发现自己还行，谈起这类事能应付自如，至少是还记得。后来坐在我旁边的人说：

“你肯定跟我们是一道的。这时候西部有大批的人来。幸好原来的集会都在纽约。我还从来没到过东部。我名叫阿·皮·博尔德，在密苏里州希科里格罗夫的博尔德父子公司。”

人在遇到该紧急应付的事情时，尽管无精神准备，也能进行应付。

现在我的生命得重新开始，再进行一次洗礼，而且我既是新生儿，又是牧师、父母。我脑子迟钝，但感觉倒敏锐，救了我一把。坐在旁边那一位的浑身药味使我受到了启发；再一看他的报纸，见上面登了条醒目的广告，更打定了主意。

我信口说道：“我名叫爱德华·平克默。是开药房的，家在堪萨斯州的科纳波里斯[①]。”

“我早知道你是药剂师。”同座亲切地说，“我看到你右手的食指有老茧，是药杵磨出来的。不用说，你也是我们行业全国代表大会的代表。”

“这些人都是医药界同仁吗？”我不禁问道。

“全都是。这趟车从西部开来。而且这些人是老派药剂师，不同于那些卖专利药片药粉的。他们卖药叫顾客往机器孔里投币，不用配方柜。我们自己过滤药，自己滚药丸，春天还经营一点花种，也卖糖果和鞋。告诉你吧，平克默，这次代表会上我要提出一个建议，他们稀罕的就是新主意。你知道柜台上瓶装的酒石酸锑钾和洛瑟尔盐，一种有毒，一种对人体无害。它们的标签一个是Ant.et.Pot.Tart，另一个是Sod.et.Pot.Tart，很容易混淆。大多数药房怎么摆呢？办法是尽量隔开些，不放在一个货架上。这就不对头。依我说，应该并排摆，这一来每次你拿药时都得把一个与另一个比较，避免差错。你理解了吗？”

“我看这建议很好。”我说。

① 据查，美国州以下行政区并无一个科纳波里斯（cornopolis），应是说话人信口开河。

“那就行！等开会时我提出来，你就表示支持。那些东部的老行家自以为市场上只有他们行，这一来就会傻了眼。”

我热心起来，说：“要是我还起得了什么作用，那两个瓶里装的——呃……”

“酒石酸锑钾和洛瑟尔盐。”

“从此以后得并排放在一起。”我毫不迟疑地说。

博尔德先生说：“还有一件事。做药丸时的赋形剂你是用氧化镁、碳酸盐呢，还是用粉末状的甘草根呢？”

“那——嗯——用氧化镁。”我答道。氧化镁比其他两种东西易说①。

博德先生躲在眼镜后那双眼怀疑地看了看我。

“我用碳酸镁。”

过了没多久，他把报纸递过来，指着一篇报道，说：“又是一例假失语症。这类事情我不相信。我看十有八九是骗人的。有些家伙对什么都腻了，想轻松轻松，就偷偷溜出去。等你找到他，他就装出失去了记忆，自己的名字忘了，甚至连老婆孩子也不认。失语症！狗屁！怎么在家里时他们就忘不了？”

我接过报纸，只见十分醒目的标题下登着一篇报道：

> 丹佛六月十二日讯：一位名叫埃尔温·西·贝尔福德的杰出律师三天前离家未归，原因不明，多方寻找仍未见其下落。贝尔福德先生名望极高，办案甚多，屡屡胜诉。已婚，住宅漂亮，私人藏书在全州首屈一指。失踪当天，他从银行提取了一大笔钱。离开银行后无人见其去向。贝尔福德先生生性好静，爱家，以家为乐，以

① 在英文原文中，“氧化镁”一词比其他两词易念。

事业为乐。究其突然失踪原因，可能与其数月来潜心办理铁路公司一件大案有关。人们怀疑过度劳累时其大脑有所影响。为寻找失踪人下落现仍在尽一切努力。

看过这篇报道后，我说道："博尔德先生，你似乎疑心太重了些。我觉得这件事情是真的。这个人事业顺利，婚姻美满，又受人敬重，为什么会把一切都抛开不要呢？我知道确实有这种丧失记忆力的事，有些人的确把名字忘了，自己的往事忘了，连家也忘了。"

"哼，没那么回事！"博尔德先生说，"他们是想快活快活。现在有知识的人太多。大家知道了失语症，就以此为借口。女人也老练得很。等到事情过去了，她们会一本正经盯着你，说：'他把我也弄糊涂了。'"

就这样博尔德使我消磨了时间，但他的高见与哲理于我并无益处。

夜晚十点左右我们到达纽约。我乘马车到了一家旅店，登记的名字是爱德华·平克默。写下这名字时，我感到一阵从未有过的痛快，一种如释重负的轻松，一种初获自由的喜悦。我刚降生到人世，原来套在手上和脚上的枷锁已经解脱，且不论这些枷锁是什么。我像初生婴儿，站在一条坦荡的道路的起点，而我走上这条路时已经有了人生的知识与阅历。

我记得旅社的服务员足足看了我五秒钟。我没有带行李。

"来开医药界大会。"我说，"行李箱没有及时到。"我拿出了一沓钞票。

"哟，西部来的代表住本店的很多。"他说，露出颗大金牙，摇铃叫来一名当差。

我很想装得像个样，说：

“我们西部代表准备采取一个重要行动，向大会提出建议，将酒石酸锑钾和洛瑟尔盐在货柜上摆在一起。”

“男客人住三一四。”服务员说。我便被领进了我的房间。

第二天，我买了一口箱子和衣服，用爱德华·平克默的名字开始了新的人生。我懒得绞尽脑汁去解开过去的一些难题。这座濒海的大都会请我喝的是杯芳香、多泡的美酒，我痛痛快快饮了下去。只有能适应曼哈顿[1]生活的人才能在曼哈顿生活。你如果不做这座城市的客人，就会在这座城市完蛋。

接下来几天的生活可谓多姿多彩。我这位爱德华·平克默虽然诞生不久，却走进了一个光怪陆离、无拘无束的极乐世界，享受到不寻常的快活。在剧院和屋顶花园，我像是坐上了魔毯，飞进了奇妙的佳境，听着轻快的音乐，看着漂亮的姑娘，欣赏着表现人类千奇百怪的滑稽剧。我今天在这里，明天到那里，随心所欲，不用顾忌时间地点，也无所谓该不该。我进那种有音乐助兴的餐馆吃饭，边吃边听匈牙利音乐和放荡的画家、雕刻家狂呼乱叫。到了夜晚，去灯光像电影一样变幻无穷的地方，也就是珠光宝气的人和使人有珠光宝气的人在一道开心消遣大饱眼福的地方。就是在上述这些场所，我获得了一条前所未有的经验，就是自由不在于认可，而在于合群。你必须买票入伙，入了伙你就进入了自由王国。在灯红酒绿的地方，在喧闹的地方，繁华的地方，放纵的地方，我看到都存在这条规律，尽管无人在强制执行，却也不可违背。所以，在曼哈顿，你必须遵守这儿的不成文法律，遵守了你就会成为自由人中最自由的人。如果你有所违抗，你就会桎梏加身。

---

① 曼哈顿是纽约的一个区，该地的鸡尾酒很有名。此处曼哈顿又借指纽约。

有时候，我也内心不安，会走进摆着棕榈树的餐馆吃饭。来这里的人都出身高贵，教养有素，他们举止端庄，谈吐文雅。然而去过以后我又会乘船在水上漫游，船上载满乱七八糟的人，他们吵吵嚷嚷，穿得妖艳，纵欲无度，坐了船是去海滩上胡乱快活的。百老汇是每日必至的地方，这里阔气，灯火辉煌，变化多端，叫你捉摸不定，最使人称心。我离不开百老汇，就像有的人少不了鸦片一样。

一天下午，我进旅店后，一个长着大鼻子和黑色八字胡的大个子在走廊里挡住了我的去路。我想绕开他，却不料他亲热地先招呼起我来。

“你好，贝尔福德！”他大声说，“奇怪，你怎么会来纽约？原来你不是说什么也不肯离开你那书房吗？你带了太太来呢，还是一个人来办点小事呢？”

“先生，你认错人了。”我甩开他的手，冷淡地说，“我姓平克默。对不起。”

那人让开路，惊得目瞪口呆。我走到服务台时，听到他叫来一个勤杂工，要他拿空白电报单来。

我对服务员说：“我现在结账，请你把我的行李过半小时叫人提下楼来。有骗子想骗人的地方我不愿意再住。”

当天下午我搬进另一家旅店，在下五马路，是家幽静的老式旅店。

在离百老汇不远处有家餐馆，你可以在露天进餐，餐馆里种着许多阴凉的热带植物。这儿幽静、豪华、服务周到，是理想的进餐和休息的地方。一天下午，我朝一张摆在羊齿植物丛中的餐桌走去时，有人扯住了我的衣袖。

“贝尔福德先生！”一个优美动听的嗓音说。

我忙掉转头，只见一个女人独自坐在张桌边，三十岁左右，两只眼分外美丽动人，直望着我，好像我曾是她亲密的朋友。

“你从我身边过也不招呼一声。”她用责备的口吻说，“我不相信你就没认出我来。我们分别十五年了，就不握握手吗？”

我马上与她握手，隔着桌子坐在她对面。我使个眼色叫来服务员。那女人在喝冰橘水，我要了杯酒。她的头发黄里透红。你不会去欣赏她那一头秀发，因为你离不开她那双眼睛。当然，你会知道她有一头秀发，就像临近黄昏时，尽管你望着森林的深处，你也知道夕阳的美丽。

“你当真认识我吗？”我问道。

“谈不上什么当真。”她笑着回答。

我有些迫不及待地说：“如果我对你说，我是堪萨斯州科的科纳波里斯人，名叫爱德华·平克默，你会怎样想呢？”

“我会怎样想呢？”她学着我的口气说，看眼神内心在暗自发笑，“那还用说！自然会想你为什么没把你那位贝尔福德太太带到纽约来。你要是带来了该多好，我很想见见玛丽安。”她把声音放低了些又说：“埃尔温，你没变多少。”

我感到她那双漂亮的眼睛直盯着我的眼，还仔细观察着我的脸。

“不对，你变了。”她又轻声说，带着高兴，“我现在看出来了，你并没有忘记。你哪年哪月，哪日哪时都没忘。我早对你说过，你永远忘不了。”

我发了急，想在酒杯里找救命草。

我让她那双眼盯得不大自在，说：“非常抱歉。但麻烦就出在这里，我已经忘了，把一切都忘得精光。”

她根本不在乎我矢口否认。她似乎在我脸上看出了什么名堂，开心地笑着。

“我常听人说起你。”她又道，“你是西部很有名气的大律师，住在多佛，对吗？要不就是在洛杉矶。玛丽安嫁给了你一定觉得很有福气。我猜你也知道，你结婚以后半年我结婚了。你也许看了报纸。仅仅鲜花就花了两千元。”

她说的事在十五年前，而十五年是很漫长的时间。

我有些胆怯地问道：“现在向你道贺是不是为时太晚了呢？”

“只要你有勇气，还为时不晚。”她无所顾忌地答道，这一来我反而开不了口，只是用拇指的指甲刮着桌布。

“有件事你得告诉我。”她说着把头向我靠了过来，显得心情迫切，“是一件多年来我一直想知道的事。当然，是出于女性的心理。自从那个晚上以后，你有没有勇气再碰一碰，闻一闻，或者看一看白玫瑰，那些挂着雨滴或者露珠的白玫瑰？”

我抿了一口酒。

“你再说也无济于事，这些事情我都回忆不起来。”我叹了口气答道，“我的记忆已完全丧失，不用说我有多惋惜。”

那女人双手支在桌上，听到我的话眼里又显出不相信的神情，两道目光仿佛要直穿透我的心。她轻声一笑，但笑里的表情非同寻常，既是高兴的笑、满足的笑，又是痛苦的笑。我不敢再看她。

“你说谎，埃尔温·贝尔福德。”她得意扬扬说，“哼，我知道你说谎！”

我呆呆地看着羊齿植物。

“我名叫爱德华·平克默。”我说，“我来参加医药业全国代表大会。准备提出一个建议，把酒石酸锑钾与洛瑟尔盐瓶摆的位置变动一下，对这种事情你是不会有多大兴趣的。”

一辆闪亮的马车停到门口。那女人站起身。我拉起她的手，鞠了一躬。

“非常抱歉，我失去了记忆。”我对她说，“我也可以解释，但是只怕你不会理解。你不相信我姓平克默，但说实话我也完全想不起什么——什么玫瑰之类的事。”

“再见，贝尔福德先生。”说着她露出一丝又甜又苦的微笑，坐进了马车。

这天夜晚我去了剧院。回到旅社，一个穿黑色衣服的人奇迹般出现在我身边。看来他有个习惯，爱用一条丝手帕揩食指的指甲。

“平克默先生，我想找您谈谈，不知您肯不肯赏光？这儿有间房。”他说，一边忙着揩指甲，表情自然。

“请吧。”我答道。

他把我领进一个小房间，里面有一男一女，那女的长得绝色，但脸上罩着层愁云。她的身材、肤色和脸蛋在我看来都无可挑剔，她身上穿着出门远行时的衣，眼睛紧盯着我，显得忧心如焚，手按住胸口直发抖。我猜她本来想起身扑过来，但那男的断然一挥手制止了她。然后，他向我走过来。这人四十岁，两鬓斑白，看那脸像是很有主见和心机的人。

“贝尔福德，”他热情地对我说，“我总算又见着你了。我们有把握，知道没问题。我早劝过你，叫你别太累。现在你跟我们回去，要不了多久你就会恢复正常。”

我冷冷地一笑。

“我老让人叫作‘贝尔福德’，都已经习以为常了。再叫下去我要听腻了。我名叫爱德华·平克默，我从来就没有见过你，你相不相信就只好悉听尊便了。”

还没等男的答话，那女人哇的一声哭了起来，挣脱他的手，喊了声“埃尔温”便扑到我身上，紧紧搂着我。“埃尔温！”她又喊了一声，“别叫我伤透了心。我是你妻子。叫我一声吧，叫一声都行。你变成这个样比死了都让我看着难受。”

我很有礼貌然而毫不犹豫地挣脱了她。

“太太，对不起，我想你是认错了人了。”我严肃地说，接着我想到一件事，忍不住一笑，又道，“可惜这位贝尔福德和我不像一瓶酒石酸锑钾和一瓶洛瑟尔盐，为了区分清楚，得在货架上并排摆放。你们如果要懂得这个比喻，得随时注意医药业全国代表大会的进程。”

那女人转过身抓着男人的胳膊。

“怎么回事，沃尔尼大夫？你说说，这是怎么回事？”她着急地问。

那男的把女人领到房门口。

我听见他说：“你在自己房里先等等，我留下与他谈谈。难道他脑子不行了？我想不会，只是大脑出现部分故障。我相信他会康复的。先回房去，让我来跟他谈。”

女人走了出去。穿黑衣服的人也走了出去，还在聚精会神地擦指甲。我猜他其实是在走廊里等着。

“平克默先生，我想再跟你谈一会儿。”留在房间的那人说。

我答道：“那行，想谈就谈吧。对不起，我不客气了。我有些累。”我往靠床的一张榻上一躺，点着根烟。他拿了张靠椅坐到我近边。

“我们别拐着弯谈。你不是姓平克默。”他用温和的声气说。

“这事我跟你一样，都明白。”我冷冰冰说，“可是人总得有名有姓。老实说吧，并非我特别喜爱平克默这个姓，但是仓促之间给自己取一个名字，也难得想周全。就是叫一个别的名字又怎么样呢？我觉得，平克默这个名字很不错。”

那人严肃地说：“你的名字是埃尔温·西·贝尔福德。你是多佛第一流的律师。由于得了失语症，你已经把自己是什么人给忘了。疾病产生的原因是你操劳过度，也许再加上生活太单调、乏味。刚从房里出去的那位太太是你妻子。”

我想了一会，说道：“我觉得她是一位漂亮女人，我特别欣赏她一头金发的颜色。”

“这样的妻子很难得。两个多星期前你失踪了，她几乎一直没合过眼。一位名叫伊西多·纽曼的人从多佛到纽约，拍来电报，我们才知道你的下落。他说他在这儿的一家旅店遇上了你，但你说不认识他。”

“我似乎记得有这回事。”我说，“如果没记错的话，那人是叫我‘贝尔福德’。现在请问你的尊姓大名。”

“我叫罗伯特·沃尔尼，也就是沃尔尼大夫。我与你有二十年的深交，给你当医生也当了十五年。一接到电报，我跟你太太就来找你。埃尔温，你老弟可得好好想想！”

我眉头一皱，问道：“想想有什么用？你不是说你是医生吗？失语症可不可治？人要是失去了记忆，得慢慢恢复，还是会很快恢复？”

“有的人需要经过一个过程，而且恢复不全；有的人突然丧失，也突然恢复。”

“你愿不愿意治疗我的病呢，沃尔尼大夫？”我问道。

他回答：“老朋友，我愿竭尽全力，运用一切医学上已有的办法为你治疗。”

“好极了。”我说，“那你就把我当成你的病人吧。从今以后请严守机密——医生的机密。”

“那自然。”沃尔尼大夫说。

我从榻上站了起来。不知是谁在房子当中的桌上放了瓶白玫瑰，是一束刚洒过水，散发着芳香的白玫瑰。我把它远远扔到窗外，然后又在榻上躺下。

我说：“博比，最好是让我一下就痊愈。说实在的，我也觉得腻了。你现在去把玛丽安带进来吧。可是，唉，大夫——”我叹了口气说，接着飞起一脚踢到他胫骨上，“高明的老大夫，我算是过了神仙日子了！”

布莱克·比尔藏身记

洛斯皮诺斯车站的站台上坐着个瘦高个儿。他的身体倒很结实，脸红扑扑的。鹰钩鼻子，像威灵顿[①]。眼小而目光咄咄逼人，睫毛是淡黄色的。两只脚前后甩个不停。坐在他身边的是个胖子，无精打采。胖子似乎是瘦高个儿的朋友。生活中就是存在着这样两种截然不同的人，就像有的衣正穿反穿都是衣一样。

无精打采的人说："哈姆，有四年没见到你了。你现在要去哪里？"

脸红扑扑的人说："得克萨斯。阿拉斯加太冷，我受不了。得克萨斯的天气暖和。我对你说说我在那里的一段奇遇吧：

"一天上午，我在一个加水站下了国际号列车，就没再上去。下车的地方是一片牧区，一家不知道另一家的事，连纽约都比不上。那种地方隔上二十英里才有人家，各家每餐吃什么你连气味也嗅不着。不比纽约，这家的窗就对着那家的。

"我也看不到哪里有路，于是信步走着。那里草长得齐鞋高，豆科灌木大得像桃树。你还以为是进了私人的桃树林，不知什么地方会窜出个牛头犬来咬你一口。我足足走了二十英里才见

① 威灵顿（1769—1852），在滑铁卢击败拿破仑的英国名将。

到住房。房子很小，与铁路的小车站相差无几。

“屋门前的树下坐着个人，小个子，穿白衬衫，褐色工装裤，脖子上系着条粉红领带，他正在卷烟。

“我说：‘你好，不速之客上门欢不欢迎？有吃的吗？需不需要人干活？’

“‘请进。你就坐那凳上吧。我没听到你的马蹄声。’他彬彬有礼地说。

“‘马没骑来，我走路来的。不敢多麻烦，就不知你家里有没有三四加仑水。’我答道。

“‘你满身是灰，可惜我们洗澡的设备……’

“没等他说完，我说：‘我是渴得很，身上脏点没关系。’

“他取下挂在墙上的红水罐，给我倒了一大杯，然后问道：‘你愿意干活吗？’

“‘我答道：‘干干再说吧。这一带很安静，对吗？’

“‘是这样，’他说，‘有时候——我也是听人家说的——一两个月见不到有人来。我到这里才一个月。这牧场我是买了人家的，卖主又往西去了。’

“‘我喜爱这地方。’我说，‘人有时需要安静，不与别人往来。我得找点活干。我会管酒店，管盐矿，讲演，看股票行情，搞点中量级拳击，还有弹钢琴。’

“‘你能放羊吗？’小个子牧场主问。

“‘你是问我放没放过羊吧？’我反问。

“‘是能不能放，就是能不能管住羊群？’

“‘我明白了你的意思。’我说，‘你是问我能不能赶着羊到处跑，能不能吆喝羊，当只牧羊狗。这事嘛，我大概还干得来。我没有放过羊，可是我在汽车里看过羊吃草。羊好像是不会

伤人的。’

“‘我少个人看羊。’牧场主说，‘墨西哥人一个也靠不住。我只有两群羊。要是你乐意，早上你就赶着我的羊出去。不多，才八百头。报酬是每月十二元，吃饭不在内。你要在草原上守着羊，晚上睡在帐篷里。饭得自己烧，但柴和水会送到你帐篷里。这事容易干。’

“我说：‘一言为定，我就干这活。我也来学学画上的牧羊人，头上戴圈花，手上拿根弯手杖，身上穿件宽松衣，还要吹吹笛子。’

“第二天上午，小个子牧场主帮我把羊赶出栏，放到两英里外大草原的一个山坡上吃草。他反复叮嘱我别让羊离群，到中午时要把羊赶到水塘边喝水。

“‘天黑以前我赶着马车把你的帐篷、用具和吃的送来。’他说。

“‘好吧。’我说，‘别忘了带吃的东西，还有用具。帐篷你千万得送。请问，尊姓是不是佐利科弗？’

“‘我名叫亨利·奥格登。’他说。

“‘知道啦，奥格登先生。’我说，‘我叫珀西瓦尔·圣克莱尔。’

“我在奇基托牧场放了五天羊后了解了羊的习性。与大自然离不开的东西当然并不难了解。我比克鲁索的山羊更寂寞[①]。我见过的许多人比起这些羊来强得多，跟羊做伴不如跟人做伴。每天晚上我得把羊赶进羊栏，然后自己烧饭，吃的是玉米窝窝、羊肉、咖啡。睡在巴掌大的帐篷里，帐篷外就听到野狼嚎，怪鸥叫。

① 《鲁滨逊漂流记》中的主人公鲁滨逊·克鲁索在孤岛曾遇到山羊。

“第五天夜晚，我把很值钱但不能做伴的羊关进栏以后，走回了牧场主住的房子。

“走进门我说：‘奥格登先生，我们俩都要放随和些才好。羊点缀自然风光再好不过，也让人有了八元一身的衣料，可是叫它们在吃饭时或在火炉旁做伴就万万不行。要是你这儿有牌打，有骰子丢，或者消遣的书看，你都拿出来给我解解闷吧。我需要过点精神生活，就是把谁的脑瓜子砸了开开心也行。’

“这位亨利·奥格登不比一般牧场上的人。他戴戒指，有大金表，领带结得端端正正。他的脸不见表情变化，戴在鼻梁上的眼镜总是擦得闪闪亮。有一次我在马斯科吉看到一个杀害六条人命的家伙上绞架，他与那家伙长得一模一样。不过呢，我在阿肯色认识的一位传教士你要是见到了准会以为是他的亲兄弟。他长得像谁我倒不在乎，我只希望有个伴，圣人罪人都行，只要不是头羊。

“他放下手里的书本，说：‘哟，圣克莱尔，我知道刚开始你一定觉得寂寞，我也不否认自己也觉得寂寞。羊你该关牢了，不会往外跑吧？’

“我答道：‘跟关谋杀百万富翁的凶手一样，跑不了。我会早早回去，不让你的羊受委屈。’

“听我这样一说，奥格登拿出副牌，两人打了起来。守了五天五夜羊，打打牌像是逛百老汇。每摸到一张好牌，我就兴奋得像赚了一百万。后来亨利·奥格登变得随和了些，讲了卧铺车厢一个女人的事，我笑了足足五分钟。

“这说明生活的好坏只是相对而言的。饱了眼福的人叫他看什么都不稀奇。如果你让他放一段时间羊，叫他看最乏味的戏他都会笑破肚皮，叫他和谁玩玩牌都会高兴得不得了。

“后来奥格登拿出一瓶威士忌，把他的羊完全丢到了脑后。

“‘大约一个月前，报纸上登了件火车抢劫案，你还记得吗？’他问，‘列车员的肩头挨了一枪，抢走的现金有一万五。报上说案犯是单枪匹马。’

“我说道：‘我还记得。不过这种事经常发生，过不了多久得克萨斯人就慢慢忘了。抢劫犯抓到了吗，还是仍旧逍遥法外呢？’

“奥格登说：‘已经逃走了。今天我看到报纸说，警方追踪到了这一带。抢走的钱全是埃斯平纳斯市第二国民银行雕印发的钞票[①]，有了这条线索，警察一路跟踪到了这一带。’

“奥格登又倒了些酒后，把酒瓶推给我。

“我喝了一小口酒，说：‘据我看，劫车的罪犯逃到这一带躲藏起来并不奇怪。牧场上藏身再好不过。只有鸟、羊、野花的地方，谁还能找到亡命之徒？你知不知道——’我把亨利·奥格登周身上下打量一眼，说，‘这个单枪匹马的家伙是什么模样？报上有没有说他高矮胖瘦，有没有镶牙齿，穿的什么衣服？’

“奥格登答道：‘一点也没说，这家伙戴着面罩，谁都瞧不清他。但他们知道劫车犯名叫布莱克·比尔。因为他总是独往独来，这次又在车厢里掉了块手帕，手帕上有名字。’

“我说道：‘不用说，我看布莱克·比尔会往牧场上逃，他们抓不到他。’

“奥格登说：‘抓到他的人得赏金一千。’

“‘我用不着得这种钱。’说完我正眼看看牧场老板，‘你每月给我十二元，已足够用了。我需要的是休息。等我挣够了路费，再回特克萨卡纳。我父亲不在了，母亲还住在那里。’我又

① 美国并无埃斯平纳斯市，国民银行更无权印发钞票，两种说法均系作者虚构。

意味深长地看了奥格登一眼，说：‘布莱克·比尔说不定上——一个月前上这儿来买——买了个小牧场，还……’

“‘住嘴！’奥格登从椅上跳起来，眼露凶光，‘你这是指桑骂槐，说……’

“‘别误会，没人指桑骂槐。’我说，‘我只是作一种假设。要是布莱克·比尔到这儿来买了个牧场雇我给他放羊，也像你这样厚道，把我当朋友，他根本用不着担心我漏风。大丈夫总是大丈夫，别管他放羊也好，在火车上闹出了事也好。你这该明白我的意思了吧？’

“奥格登有好一阵子脸发青，后来他大笑起来，开心得很。

“他说：‘你的确不会，圣克莱尔。如果我是布莱克·比尔，我对你放得下心。今晚我们再打两盘，你要是愿意跟抢劫火车的家伙打，我们就来。’

“我说：‘我已对你讲明了。我嘴上怎么说，心里便怎么想。’

“打过一盘，我趁洗牌时问奥格登是什么地方人，听起来只是闲聊着问。

“他回答说：‘密西西比谷人。’

“我说：‘那地方虽小，但很好，我常去那里。可是那地方的被子有些发潮，饭菜也味道不好。我是太平坡人。你去过那里吗？’

“‘那里太干燥。’奥格登说，‘你要是到了中西部，提起我的名字你就别担心脚冷，喝的咖啡也特别好。’

“‘得啦。’我说，‘我不是想打听你的私人电话，也不想知道你有哪门子荣耀亲戚。那不关我的事。我只想让你知道，你请的看羊人很可靠。你别再疑神疑鬼，神经质啦。’

“奥格登又大笑着说：‘你又来啦！如果我是布莱克·比尔，知道你怀疑上了我，又心里害怕，你想想看，我一枪收拾了你岂不干脆？’

“我说：‘不可能。有胆量单枪匹马抢火车的人不会做出这种小人才干的事来。我见多识广，知道这种人最讲朋友义气。我不敢自称是你的朋友，奥格登先生，我只是你的一个羊倌而已。不过，要不是这关系，我们也许早就成了朋友。’

“奥格登说：‘你现在不要想放羊不放羊，还是发牌吧。’

“大约过了四天，中午时分羊在水塘边喝水，我在埋头煮咖啡，没提防来了个不速之客，他的马蹄踏在草上听不到响声，看服装就知道身份。他的打扮不像堪萨斯市的侦探布法罗·比尔，也不像城里捕狗的巴顿·鲁热。看他的下巴和眼睛，他不是干武打这一行的，所以我断定只是个暗探。

“‘你在放羊？’他问。

“我答道：‘嗯，你明摆着是个好眼力的人，难道我还敢说我在翻新旧铜器或者给自行车飞轮上油？’

“他说：‘听你讲话看你的模样，你都不像个放羊的人。’

“我说：‘听你讲话看你的模样，倒是都可以知道你是什么人。’

“接着他问我是给谁干活。我指给他看小山下两英里外的奇基托牧场。他这才告诉我他是副警长。

“这位暗探说：‘有个叫布莱克·比尔的家伙抢了火车，逃到这一带。我们追他一直追过了圣安东尼奥。你见没见过，或者听没听说过这个月附近有陌生人来？’

“我说：‘有倒是有一个，听说在弗里奥河卢米斯的农场上，墨西哥人的住地。’

“副警长又问：‘听说了他一些什么？’

“‘听说生下才三天。’我答道。

“‘你替他放羊的这人什么模样？’他问，‘这地方是不是仍归乔治·雷米所有？他在这儿养了十年羊，就是没养出个名堂来。’

“‘老头把羊卖了，往西去了。’我对他说，‘一个月前，另一个人想养羊，买了他的。’

“‘这人是什么模样呢？’副警长又问。

“我答道：‘他嘛，是个荷兰人，又高又胖，络腮胡，蓝眼睛。我看松鼠要是跑到了地上他就分不清它和羊了，也许乔治老头这笔买卖捞了他一大笔。’

“副警长又唠了些不着边际的情况，还把我做的饭吃了三分之二，这才骑着马走了。

“当天晚上，我把这件事告诉了奥格登，说：‘他们像章鱼，把触角全部张开了，要捉拿布莱克·比尔。’然后我把副警长的问话、和我的回答，以及副警长对这件事后来说了些什么，向他和盘托出。

“奥格登说：‘哼，得啦！布莱克·比尔闯了祸，我们别引火烧身。我们还有自己的事。把橱里的威士忌拿出来，我们为他平安无事干一杯，如果——’他说着咯咯一笑，‘如果你不嫌弃他是抢劫火车的罪犯的话。’

“我说：‘只要是朋友的朋友，我就为他干杯。我相信，布莱克·比尔是这种人。所以为了布莱克干杯，祝他平安无事。’

“我们俩喝下了酒。

“过了两星期，该剪羊毛了。得把羊赶回来，让那些墨西哥邋遢鬼拿着剪刀剪毛。所以在他们来的前一天下午，我在山坡把羊赶到一起，穿过山谷，沿着弯弯曲曲的小河赶回来，关进羊栏，让它们安安稳稳睡觉。

“离开羊栏后我走进屋，看到亨利·奥格登在小床上睡着了。我猜他或者是因为贪睡，或者是因为撑不开眼皮，或者是得了养羊人的特种病才睡了。他的背心敞开着，嘴大张着，鼾声如雷。我看着他，心里好不奇怪，在想：‘乖乖，睡得像死猪，连嘴也不闭，不怕风往嘴里灌。’

“男人倒霉就倒霉在睡着了。睡着以后，他再聪明，再有力气，有实力，有勇气，有影响，有家庭背景，又能有何作为？他的冤家要把他怎样就怎样，他的朋友更不用说。他本人已人事不知，只顾做他的美梦。女人睡着以后不同。无论她的睡态如何，你不会在这时候害她。

“我没管他，喝了杯威士忌，还代替奥格登来了一杯。趁他睡着时，动手找起东西来，要好好享受享受。他桌上放着些五花八门的书，有介绍日本的，有介绍排水知识的，有介绍医学知识的，另外放着些烟叶，正中我的下怀。

“我抽了几口，只听见亨利·奥格登仍然在呼呼打着鼾。无意中我往窗外一看，本来是看看剪毛棚。剪毛棚边有条小路，这条小路连着另一条小路，另一条小路通向条小河。

“我看到五个人骑着马往房子这边走来，马鞍上全横着枪，其中一个是与我在帐篷里谈过话的副警长。

“他们过来后摆开了阵势，端着枪，个个警惕起来。我睁大眼一瞧，认出了这队护法骑兵的首领。

“我招呼道：‘先生们，你们好，下马歇一歇吧。’

“为首的催马上前，举起枪，把枪口对准我，想打我露出窗口的哪部分就可打中哪部分。

“‘两只手放着别动，我们先谈谈，把话说个明白。’他说。

“我说：‘你放心吧，我不聋也不哑，你问我什么我回答什么。’

“他说：‘我们在追捕布莱克·比尔，五月这家伙在卡蒂号车上抢了一万五千元。现在每个牧场每个人都得检查。你叫什么名字？在这场上干什么？’

“我答道：‘队长，我干的活是珀西瓦尔·圣克莱尔，名叫放羊。今天我把牛——说错了，是把羊关在这儿了。明天搜查的人要来给羊理发。我想是用剪刀剪。’

“‘这牧场的老板在什么地方？’为首的又问我。

“我说：‘队长，你别急。要是抓到了你刚才讲的这坏家伙难道不赏钱吗？’

“队长答道：‘赏金是一千，但得抓着他，还得认准确实是他。报告消息的没听说有赏。

“我懒洋洋地抬头望了望万里无云的蓝天，说：‘看来明天不下雨后天就会下。’

“‘如果你知道布莱克·比尔这家伙在哪里，有什么习性或者藏身的手段不说出来，那你也有罪。’他声色俱厉。

“我慢声吞气地答道：‘我听见个骑马的剑客说，一个墨西哥人在纽斯河皮德金的商店告诉一个叫杰克的牛仔，他听说半个月前，一个放羊人的表亲在马塔莫拉斯看到了布莱克·比尔。’

“队长仔细打量我一番，才打定主意做笔交易，说：‘想要我怎么办就说吧，你这家伙真是守口如瓶。如果你真让我们抓着了布莱克·比尔，我自己掏腰包——我们大家掏腰包——给你一百块。你本来是什么也捞不着的。现在你看行吗？’

"'马上兑现吗？'我问。

"队长和几个手下商量了一阵，大家把口袋的钱掏了个精光，结果总共凑得一百零二元三角，另外还有上等烟叶，值三十元。

"我说：'队长你再过来些，我说给你听。'他于是走到了我跟前。

"我说：'我穷得很，是世界上的一条可怜虫。一个月里辛辛苦苦我只能挣到十二元，得守着一大群牲口，不让它们跑散了，而这些家伙别的事都不想，就想四处乱跑。我觉得自己是块上等料，偏偏做这下等事。原来以为羊就是羊排的人却落到今天这步田地。我在世上没地位就得怪壮志未酬，还有就是从斯克兰顿到辛辛那提一路上那些人酿的酒，什么杜松子酒啦，法国苦艾酒啦，数不胜数。要是你经过那一带，千万要去尝试一下。可是话说回来，我这人从没背叛过朋友。他们有钱的时候我总是守着他们，如果我遇上了倒霉事，也决不抛弃他们。'

"我往下说道：'但这一次不同，其实谈不上朋友不朋友。一个月十二元只够点头之交，让我吃黑豆和玉米窝窝也不是什么朋友情分。我是个穷苦人，在特克萨卡纳还有个母亲，父亲已经去世了。你们要找布莱克·比尔到这屋子来，他躺在你们右边那间房子的小床上睡着了。我听他说话就知道，他是你们要抓的人。'我又解释说，'他原来只有几分交情，而我现在又不比从前，要不然，你就是摆座金山银山在这里，也别想叫我出卖他。就怪每星期豆子有一半生了虫，帐篷里柴又不够烧。'

"我说：'各位进去要多加小心。有时候他脾气躁。你们想想他近来干了什么事，如果猛不防来了人抓他，他还有什么手段使不出来？'

“听我说完，几个人都下了马，把马系上，子弹推上膛，器械拿在手，蹑手蹑脚摸进了屋。我不怀好意地跟着就等看热闹。

“领头的把奥格登摇醒过来。他一跃而起，另两个等着领赏的忙过来一齐抓住了他。奥格登尽管个子小，却有能耐，在敌众我寡的悬殊情况下和他们干开了。

“‘你们这是干什么！’他被打翻在地后叫着。

“‘就抓你布莱克·比尔先生，没别的。’队长答道。

“‘这是胡闹！’奥格登火气更旺了，说。

“‘胡闹的是你。’警官说，‘卡蒂号车并没什么事跟你过不去，到火车上乱来的人自有法律收拾他。’

“警官骑在亨利·奥格登的肚皮上，把他的口袋先细细搜查了一番。

“‘你这么干要吃苦头。我可以证明我的身份。’奥格登说，身上冒出了汗珠。

“‘我也可以。’队长从奥格登上衣的里口袋掏出了一把埃斯平纳斯市第二国民银行的新钞票，说，‘你究竟是什么人难道不看这一把票子还看你自己印的什么名片不成？起来跟我们走，好好认罪吧。’

“亨利·奥格登站起身系好领带。他们搜出了钱以后，他什么也不再说。

“‘想得倒美呀！’警长说，‘溜到这地方，买下一个难得有人来的小牧场。躲藏得这么巧妙我算是头一回见。’

“一名警察到剪毛棚里把另一个放羊的人找了来。这是个墨西哥人，叫约翰·萨利斯。他给奥格登备好鞍。几名警察都上了马，团团围住奥格登，手里端着枪，准备把他押往城里。

“临走前，奥格登把牧场托付给了约翰·萨利斯，交代他怎样剪羊毛，在什么地方放羊吃青草，好像是有把握过几天就能回来。

“几小时后，原来在奇基托牧场放羊的那个珀西瓦尔·圣克莱尔把一百零九元（连工资带昧心钱）揣到口袋里，骑着牧场的另一匹马往南去了。”

脸红扑扑的人没再往下说，侧着耳朵听着。远处矮山中传来了汽笛声，是列货车开来了。

他身边无精打采的胖子哼哼鼻子，慢慢地、鄙夷地摇摇他的大脑袋。

“斯莱彼，怎么啦？有不高兴的事？”另一个问道。

“那倒没有。”无精打采的人又哼哼鼻子，“只是你讲的事我听不顺耳。你我前前后后已是十五年的朋友。以往我不知道你有，也没听人说过你出卖过谁，帮警察抓人的事。可是现在呢，你喝了人家的酒，跟人家打了牌，又向警察告发他，就为那几个钱。我看你是变啦。”

脸红扑扑的人说：“后来我听说，有位律师为他据理力争，又找到其他证据，这位亨利·奥格登已经证实无罪。他并没再吃苦。他给过我好处，我并不愿意跟他过不去。”

“他口袋里的钱是怎么回事呢？”无精打采的人问。

脸红扑扑的人答道：“是我看见警察过来了，趁他睡着没醒放到他口袋的。我就是那布莱克·比尔。你看，斯莱彼，火车已经来了。趁车加水时我们正好爬上去。”

各有所长的结局

春天向《艺神》杂志的编辑韦斯特布鲁克飞来一个媚眼，使他乱了方寸。他照例在百老汇一家大饭店吃过中饭后本要回办公室，走着走着，抵不住春姑娘的引诱，脚变得不由自主。这就是说，他往东走进了二十六大街，穿过春日里车水马龙的五马路，又在生机盎然的麦迪逊广场的行人道上溜达。

这块空气清新的小天地的景色可以比作一首田园诗。其主色是绿色，无论植物的颜色或者人工装饰的颜色主要都是这个色。

人行道间新冒出的草呈铜绿色，绿得不祥，让人想起那些夏秋时节来这里的无家可归的人。不知为什么，树上的嫩芽会使人想起吃四毛钱一餐的饭时，那道鱼上撒的东西。头上的天空是发暗的蓝绿色。眼前唯一绿得自然、真实的是那些新油漆过的长凳，其色调介于腌黄瓜与隔年买的很快发黑的雨衣之间。然而，在纽约土生土长的编辑韦斯特布鲁克看来，这里的景色美不胜收。

现在，无论你是夹在进还是出麦迪逊广场的人群中，你都得大致了解一下这位编辑的心情。

韦斯特布鲁克正春风得意，踌躇满志。不到十天时间，四月份的《艺神》已销售一空，基奥卡克的一位代销人来信说，他满可以再卖出五十本，只可惜无货。杂志的老板给韦斯特布鲁克加了薪。他家新雇了个手艺好的厨师，只是这位厨师很怕警察。当天的早报全文刊登了他在出版商宴会上的讲话。清晨他离开上城区的家时，他那位年轻美貌的妻子唱了首歌给他听，悠扬的歌声现在仍在耳边回响。近来她迷上了音乐，天天早上苦练。他称赞她技艺日见长进，太太听了喜不自胜，一把搂着他。他把春天看成一位训练有素的护士，温柔而技术高超，把复苏的城市看成一座医院，现在这位护士正轻移细步，在巡视病房。

韦斯特布鲁克编辑在广场的一排排长凳间信步游荡着，长凳上坐满了人，有流浪汉，也有无法无天的孩子的保护神。突然有人扯住了他的衣袖。他以为遇上了叫花子，转过冷冰冰的脸，打算分文不给。一看，才知扯住他的人是道尔——沙克尔福德·道尔，一身不干不净，衣都快破了，再加上还有一条一条的皱褶，都看不出他竟然还是位文人。

趁编辑心惊未定时，且略介绍一下道尔。

道尔爱写小说，和韦斯特布鲁克早就相识。有段时期，他们堪称朋友。当时道尔还有两个钱，住在一所像样的公寓里，离韦斯特布鲁克家相距不远。他们两家常一道看戏上餐馆，道尔太太与韦斯特布鲁克太太成了莫逆之交。后来命运开了个小小的玩笑，断了道尔的财源，让他搬到了格拉墨西公园附近。那地方房租便宜，天花板有八盏枝形吊灯，墙上有大理石壁炉，往日气派，但现在你坐在自己的大箱子上可以看到老鼠公然在房间里玩游戏。道尔想以写小说为生。他时不时也能卖出一篇。他给韦斯特布鲁克送去许多，《艺神》采用了一两篇，其余的退了稿。每退一篇稿，韦斯特布鲁克都要认认真真、一本正经地写封信，详细说明不能采用的原因。对什么是好小说，韦斯特布鲁克编辑自有他的一套标准。道尔也有自己的一套。道尔太太关心的主要是能筹集到盘中餐。有一天，道尔向太太谈一些法国作家如何如何写得高明，喋喋不休，结果到吃饭时两人吃的却是一个小学生肚皮饿时一口都能吞下去的东西。道尔遭了她的埋怨。

道尔太太说："这顿饭像莫泊桑[①]的小说一样，不成样子，算不上佳作。不过呢，我的确希望你像马里恩·克劳福德[②]那样写出长篇巨著来，还能写出埃拉·惠勒·威尔科克斯[③]式的十四行诗，吃得上餐后甜点心。我现在还吃不饱饭。"

沙克尔福德拽住韦斯特布鲁克的衣袖时就是在这种处境，离功成名就还前路漫漫。编辑好几个月都没有见过道尔了。

"哟，沙克，你怎么这样呀！"韦斯特布鲁克说过这话后又有几分尴尬，因为这样说等于是笑对方已经落魄。

道尔还扯着他的衣袖没放，说："坐一会儿吧，这地方就是我的办公室。我这个模样不能到你那儿去。嗯，坐下吧，坐坐不丢脸。别的凳上的倒霉鬼会以为你是个志得意满的小偷，绝不会知道你只是个编辑。"

"抽支烟吧，沙克。"韦斯特布鲁克编辑说着小心翼翼地在难看的绿色长凳上坐了下来。每次他即使退让，也不会失去翩翩风度。

道尔见了烟像是王鱼见了翻车鱼，也像女孩子见到巧克力奶

---

① 莫泊桑（1850—1893），法国作家，一生共写了三百多篇短篇小说和六部长篇小说，以其写作短篇而跻身于最优秀的作家之列。道尔模仿莫泊桑，但并不成功，他太太因此说出这话。

② 马里恩·克劳福德（1854—1909），美国小说家，多产，有时一年里竟写出三部长篇，尚未问世出版商便预付一万元稿酬。

③ 埃拉·惠勒·威尔科克斯（1850—1919），美国记者与诗人，曾出版二十本诗集。

油，伸手抓了过去。

“我刚刚……”编辑刚开口。

“嗯，我知道，你不用说。”道尔说，“给我根火柴。只耽误你十分钟时间。你是怎么躲过了我门卫[①]的眼睛闯进我的圣地来的呢？你看门卫现在也走了，拿手里的棍子赶狗，因为狗不认识牌子上的字‘勿踏草地’。”

“你的创作进展如何？”编辑问。

道尔答道：“你看看我的样子就知道了。你的眼神是又为难，又带善意，又坦率，可是你别这样望着我，你也别问我为什么不去找份工作，比方说卖酒，赶马车。我决心拼搏到底。我知道我的小说写得好，有一天你们也得承认。我会使你改口，不说‘很遗憾’，而说‘拿钱去’，但到那时我又不愿再跟你打交道。”

韦斯特布鲁克躲在眼镜后的一双眼睛里流露出的是惋惜、同情、怀疑，心里却什么都明白，执掌稿件生杀大权的编辑遇到稿件采用不了的作者时，都会有这种神情。

“我寄给你的新作你看了吗？就是那篇《惊魂》。”道尔问。

“仔细看过了。这篇小说使我犹豫了好一阵子，沙克，这一点不假。的确有些可取之处。我还写了封信给你，以后退稿时会一道寄给你。只可惜……”

“有什么就直说吧。”道尔冷冷地说，“反正说可惜既不起安慰作用，也不会觉得刺耳。我想知道的是为什么。你请说吧。先说优点。”

韦斯特布鲁克轻轻叹口气，不急不忙地说：“全篇的情节

① 道尔的解嘲说法，指警察。

有独到之处。描写呢，数这一篇最好。至于结构，也还不错，只是有几个薄弱环节，还要做些修改加工。倒是篇好小说，然而……”

“我的文字没问题，对吧？”道尔打断他的话问。

编辑说：“我一直肯定你有你的文风。”

“那么问题出在……”

“还是那个问题，在高潮出现前你像位画家，但高潮一到你就成了拍照片的人。”韦斯特布鲁克编辑说，“沙克，我不知道你究竟中了哪门子邪，你写起东西来确实就是这个样。我看把你比作拍照片的人还不恰当。拍照尽管不可能用平面表现立体，但毕竟记录下了一瞬间的真实。你结尾每篇都让你那只秃笔毁了，写得平淡无奇，我已给你指出过多次。如果在起伏的情节后你把小说引向高潮，用艺术作品需要的鲜明色彩着上颜色，那么邮递员送到你家的厚厚的退稿信就要少得多。”

“哼，少不了小提琴演奏和脚灯！”道尔大声挖苦道，“你脑子里就少不了那个俗套。要是写绑架，绑架人就得长黑八字胡，被绑架的小姑娘贝西一定是金发，她妈妈一定会跪在聚光圈里举起双手说：‘苍天在上，如果绑架我爱女的恶贼不遭报应，做母亲的不报仇雪恨，我誓不甘休！”’

韦斯特布鲁克编辑无动于衷，得意地一笑，说：“我想，在现实生活中，做母亲的会说出这样的话，或者是类似的话。”

“除了舞台上，什么时候什么地方也不会有这种事。”道尔不让步，说，“我告诉你，她在现实生活中会怎样说吧：‘什么？贝西让一个不认识的人带走啦？哎呀呀，真是祸不单行！把我另一顶帽子拿来，我这就去警察局。怎么就没有人看着她呢？奇怪！得了吧，别碍手碍脚，让不让我收拾好呀？不是这一顶帽子，是那顶棕色的，镶了天鹅绒帽带。贝西一定是叫鬼迷了，平常她见了生人就害怕。粉是不是扑得太多啦？见鬼！我算是倒了大霉！”’

道尔接着说：“她会说出这种话。现实生活中人们感情冲动时不会一下子变成英雄，讲话也像念诗。完全不可能有这种事。在这种时候如果他们还能说出什么的话，也是使用每天都使用的语言，甚至还有些语无伦次，思路不清。”

韦斯特布鲁克编辑也加重了语气说：“你有没有从地上抱起过被电车轧得血肉模糊的孩子的尸体，放到已经吓得发呆了的母亲面前呢？你有没有做过这种事，有没有听到母亲在悲哀绝望中说起话来滔滔不绝？”

“我没有。难道你有过？”道尔反问。

韦斯特布鲁克皱皱眉，说：“当然没有。不过我完全能想象她会说什么。”

“我也能。”道尔说。

到了这种地步，韦斯特布鲁克编辑得进行开导，叫这个不知天高地厚的作者哑口无言。《艺神》杂志中的小说主人公说些什么话岂能容未出茅庐的人信口开河，与杂志的编辑唱反调呢？

他说：“你得听我说，沙克，我对生活再外行也知道，人的内心如果突然出现极度悲伤，感情的表达形式必须与这种变化一致、协调、相称。表情与感情的必然一致在多大程度上需要自然，多大程度上应该做艺术加工谁都难说。李尔[1]当国王时的连篇妙语水平远在年迈昏聩时吹的胡话之上，失去幼狮的母狮发出

① 李尔，即莎士比亚悲剧《李尔王》中的李尔王。他把王国平分给大女儿与二女儿，真爱父亲但不善逢迎的小女儿却一无所得。后来李尔王被两个得了王国的女儿赶出门，死在荒郊。

的狂吼远比平日的咆哮恐怖。但是，人无论男女都有一种所谓下意识的神秘知觉，这种知觉是由一种深刻和强烈的感情引发的，是不知不觉地从文学作品中和舞台上获得的，同时又促使文学作品与舞台用具有这两者的价值和戏剧性效果的语言表达那一类感情，这也是千真万确的事。”

“我倒想请教大编辑，文学作品与舞台的技艺从何而来？”道尔问。

“实际生活。”编辑洋洋得意地答道。

小说作者站了起来，做出一连串手势，却没有说话。他还没有找到恰当的言辞表达他的意见。

附近长凳上一个邋遢流浪汉睁开一双红眼睛，觉得非在道义上帮他遭作践的兄弟一把不可。

“杰克，揍他一顿。”他用沙嗓门对道尔喊，“爷们到广场来是为想正经事，谁叫他跑到这地方来嚼舌头！”

韦斯特布鲁克装作满不在乎地看看表。

“你说具体些吧，《惊魂》有哪些不足之处，你该往一边扔？”道尔问，心急得像火烧。

韦斯特布鲁克答道：“加布里埃尔·默里从电话里知道他未婚妻被闯进屋的强盗用枪打死了时，他说——我记不起原话，但……”

“我记得。”道尔说，“他是这样说的：‘总机真他妈的混蛋，老是拆我的线。’（接着对他的朋友说）‘汤米，你说说看，一颗三二子弹会不会打出个大窟窿来？这事够倒霉啦，可不？汤米，你给我把架上的酒拿来。不对，是当中的，旁边没酒。’

编辑没等道尔争辩，又说道：“还有，贝伦尼拆开丈夫的信看到他跟修指甲的女人私奔了时说——让我想想——”

作者插话道：“她说的是‘得啦，这是怎么搞的！’”

韦斯特布鲁克说：“这些话说得荒唐，把高潮毁了，让小说突然一落千丈。更糟的是，违背了现实生活。没有人在突然遇到不幸的事件时，会说出这些太俗气的话来。”

道尔不服输，没刮胡须的嘴咂得直响，说：“不对，无论男女，人们在遇到意外情况时，说话不会文绉绉，会自然，还带点粗野。”

编辑站起身，那神气完全是以内行自居。

道尔把手按在他衣服的翻领上，问道：“我们刚才谈的那两部分人物的行为和话语如果你认为符合生活的真实，韦斯特布鲁克，你就会采用《惊魂》，对吗？”

编辑回答：“我如果认为符合，很可能会。但我已经对你说得很清楚，我不这样看。”

“如果我能证明我做得对呢？”

“沙克，对不起，恐怕我现在没有时间再跟你辩论下去了。”

道尔说：“我不想辩论，只想向你用生活实例证明我的看法正确。”

“那你怎么办得到？”韦斯特布鲁克诧异地问。

作者认真地说：“你听着吧，我自有办法。我就盼着杂志社承认我的小说忠实于生活论完全正确。我奋斗三年只是为了这一天。现在我不但囊空如洗，而且欠了两个月房租。”

编辑说：“我为《艺神》杂志选稿时搞的一套与你的看法相反，销售量已经从九万上升到……”

“四十万，其实本可以到一百万了。”道尔说。

“你刚才不是说可以用实例证明你的高见吗？”

“是的，如果你能给我半小时时间，我就能证明我对。我以路易丝为实例。”

“你太太？怎么啦？”韦斯特布鲁克大声道。

“是这样，并非她出了事，而是她可以证明。”道尔说，“你知道路易丝一直很爱我，对我很钟情。她认为我是一块真金。正因为我怀才不遇，受人冷落，她才对我爱得更深，更钟情。”

“她的确是位可爱、难得的终身伴侣。”编辑表示赞同，“过去她跟我太太还是形影不离的朋友。沙克，有这样的好太太我们两人真是好福气。过几天你晚上带你太太来，我们一道吃顿有火锅的便饭，以往我们吃得多。”

“等以后吧，”道尔说，“等我买了件新衬衫再去。现在我把我的想法告诉你。吃过早饭——就喝了点茶和燕麦片粥——我快从家里出来时，路易丝对我说她要去八十九大街看她姨妈，下午三点钟回家。她总是很守时，一分钟也不误。现在是……”

道尔朝编辑放表的口袋看了一眼。

“三点差二十七分。”韦斯特布鲁克看过表后说。

“我们正好来得及。”道尔说，“我们马上去我家。我写一封短信给她，放在桌上，她一进门就可以看到。我和你躲到餐厅的门帘后。我在信上说，我带着位相好走了，从此以后永不见她，因为她不理解我的文艺天性需要什么，而相好的很理解。我们可以观察到她看过信后的行动，听到她说的话。这样我们就能知道谁说的一套对，是你的还是我的。’

“那可不行！”编辑边说边摇头，“这样做是不择手段。怎么能拿你太太的感情开这种玩笑呢？我不赞成。”

“你放心吧。”作者说，“你能体贴她，难道我反而不？这样做不但对我有好处，也对她有好处。我写了小说总得推销出去。你别担心路易丝。她身体好，又有头脑，心敲敲打打都碎不了。只观察一分钟，一分钟后我出来向她作解释。韦斯特布鲁克，非常感谢你给我一次机会。”

韦斯特布鲁克尽管不大情愿，但总算答应了。他跟我们所有人一样，也想看看活体解剖。谁要是没动过手术刀，就请站出来为他设身处地想想吧。可惜世界上的野兔和豚鼠的数量还不够。

两位要做文艺试验的人离开广场，先脚步匆匆往东，然后往南，走到了格拉墨西公园。小小的公园四周围着高高的铁栏杆。公园换上了漂亮的绿春装，喷泉像面镜子，映照着它的风采。铁栏外是一片年久失修的房子，往日住过有身份的人，现在一幢幢东倒西歪，好像在窃窃私语，埋怨往日的荣耀已被人遗忘。却原来，荣华已如流水去！

在公园以北的一两个街口，道尔带着编辑又往东，没走多远后进了一所高而窄的公寓，公寓的正面装点得过于花哨。两人好不容易爬上五楼，道尔已气喘吁吁，打开了一套前房的门。

门一开，韦斯特布鲁克编辑只见房间里空空荡荡，恻隐之心油然而生。

道尔说：“哪儿有椅子你坐哪儿，我来找笔和墨水。哟，这是什么东西？路易丝写的信。一定是今天上午她出门时留下的。”

他拿起放在房间当中桌上的一封信，撕开信封，抽出信大声念起来，从开头一直念到结尾，韦斯特布鲁克每个字都听到了。信是这样写的：

亲爱的沙克尔福德：

你看到这封信时我已在百里之外，而且越走越远。

我在西部剧团的歌舞团找到了工作，今天中午十二点动身。我不愿饿死，所以决定自谋生路。我不会再回来。韦斯特布鲁克太太跟我一道去。她说她守着个既像留声机，又像冰山，又像字典的人再也过不下去了，也不会再回来。我们悄悄练唱歌跳舞练了两个月。希望你功成名就，万事顺利！再见。

路易丝

道尔丢下信，双手颤抖着，声音也颤抖着，捂住脸大喊：

“苍天，你为什么要赐给我这杯苦酒？既然她虚情假意，那么让上苍最珍贵的礼物——忠诚与爱情成为叛徒与恶贼的别名吧！”

韦斯特布鲁克编辑的眼镜掉到了地上，嘴唇发白。他用一只手摸着上衣的纽扣，不由自主说：

“沙克，怎么会见到这种鬼信？这不是要人的命吗，沙克？你说，沙克，真他妈的见鬼，是吗？”

部长的良策

在得克萨斯州旅行你可以走一千英里直线。如果你走曲线，距离与时间就要大幅度增加。得克萨斯的云会迎着风慢慢飘。夜鸥的叫声凄凄凉凉，与在北方的夜鸥叫得大不一样。如果天旱之后降下一场大雨，那么你瞧吧，一夜之间，石头般坚硬的土里能开出百合花，而且分外美丽。汤姆格林县一度被视为具有典型的得克萨斯风光，究竟有多少新泽西州人和罗得岛人进入那密不透风的灌木丛后消失了，我已记不清楚。

然而立法机构的利斧把它砍成了几个县，每个跟欧洲的王国地盘差不多。现在立法机构的会议在州正中附近的奥斯汀召开，当住在里奥格兰德乡下的代表收拾芭蕉扇和亚麻衣准备去首府赴会时，住在州另一端准备赴会的议员却把大衣扣得严严实实，围着围巾，穿着油光光的长靴在雪地里走。谈谈这些事只是为了提醒你，国旗上西南部的这颗大星昔日是个共和国，有时候那里发生的事情不合什么规矩，也不受区划的限制。

得克萨斯州保险统计历史部部长原是个不大不小的官。现在没有了这个职位，这个职务现如今仅掌管保险一项，统计与历史已从政府部门的名称中消失。

一八八七年，州长任命卢克·孔罗德·斯坦迪弗为该部部长。斯坦迪弗当时五十五岁，地道的得克萨斯人，他父亲是首批来此开发和定居的人。斯坦迪弗本人在州里与印第安人干过仗，当过兵，进过巡逻队，曾被选为议员。要说学问，他不敢夸口；但若论经验，他很有一套。

如果说得克萨斯在别的方面有所不足，这个共和国却封赏特多，从不忘有功之人。它无论在共和国时期还是成为一个州之后，一直不停地把荣誉和实惠授给它的儿女，是它的儿女改变了它的荒凉面貌。

所以卢克·孔罗德·斯坦迪弗被委任为保险统计历史部部长。他父亲埃兹拉·斯坦迪弗原先当过特里县的巡逻队队员，是地地道道的民主党人，又运气好，住在政治地图上一个没有议会代表的地区。

斯坦迪弗在接受这份荣誉时，对这个部门究竟是干什么的以及他能否胜任还不清楚，但他毕竟接受了，而且是通过电报接受的。他原来在一个偏僻的小镇管测绘地图，这是份干不出名堂的闲差，他很少有上劲的时候。接到任命后他立即启程。动身前他查阅了《大英百科全书》中所有以I、S与H[①]开头的条目，想借助这部又厚又重的大部头搞清他的职责和该做的准备工作。

任职几星期后，新部长松了口气，对委派他管理的这个重要的大部门少了几分惧怕。渐渐地，他对部里的工作熟悉了，这样一来他的生活很快恢复了往日的平静。他办公室里有位戴眼镜的老职员，这人像部可靠而万能的好机器，无论部里首脑如何变更，他还是稳坐他那把交椅。老头姓考夫曼。他把部里的门道慢

---

① 英语中“保险”、“统计”与“历史”三词分别为msurance，statistics，history，即分别以I、S、H开头。

慢教给了新上司，却又不让新上司感到是得了他的真传，就像有人有本领叫轮子顺顺当当转而不错齿。

事实上，保险统计历史部并没有挑州里的重担。它的主要工作是协调外地保险公司在本州的业务，又有法律条款作为准绳。至于统计嘛，是这么回事：你给县里的差官写信，再摘录别人的报告，每年写出一份自己的报告，内容有粮食产量、棉花产量、大胡桃产量、生猪头数、黑人与白人人数等许许多多项目，数字单位有“蒲式耳”、“公顷”、“平方英里”之类，干完这些就万事大吉。历史呢？这方面只有接待任务。有些对历史有兴趣的老太太会找你详详细细谈她们往日这个会那个会的历程。每年还有二三十人写信给你，说找到了塞缪尔·豪斯顿[①]的折叠刀，或者别的什么名人的酒瓶、步枪之类，全都经过考证，绝对无误，要求政府出钱收购。有关历史的工作，主要是往信函格里塞材料。

八月的一天下午，天气热得叫人难受，部长在办公室里的椅上歪靠着，两腿翘起搁在铺着绿绒布的部长办公桌上。他抽着烟，眼睛望着窗外发呆。州政府议会的窗下没有树。他只觉得远处的一切都在颤动。也许他在回想生活中经历过的风风雨雨，往日惊心动魄的险遇和奔波，回想现在分道扬镳甚至魂归西天了的朋友，回想文明与和平带来的变化，但也许心里正美滋滋，想的是州议会圆顶大厦里的议员们没有忘记他的功劳，给了他一个惬意舒适的宝座。

部里的公务用不着多操心。保险业务容易办，统计工作还没到时候，历史无人问津。考夫曼老头办差效率高，已是几朝元老。康涅狄格州一家保险公司违反本州法规办事，老头把它制得

---

① 塞缪尔·豪斯顿（1793—1863），美国政治家及将军，曾两度任得克萨斯共和国总统，后当了十三年美国参议员。

服服帖帖，高兴之下破例想开开心，请了假半休。

办公室里异常安静。门开着，只偶尔听到门外别的部里有些响动。隔壁财政部里一个办事员把袋银圆往地上一撂，银圆哗地一响。一个打字员在不急不忙地打字，打字机发出断断续续的、不大清晰的嗒嗒声。州地质局里响起一声沉闷的敲木头声，像是一只啄木鸟喜爱大楼里阴凉，飞了进来，想啄虫吃。后来又听到走廊里隐隐约约有衣服的沙沙声和破旧鞋子走路的踢踏声，由远而近。那人走到门口停住了，昏昏欲睡的部长正背对着门。接着说话了，嗓门柔和，部长蒙眬中没有听清，但知道来人有些为难和迟疑。

说话的是女性。有些堂堂男子对穿裙子的人无论其裙子质地如何，总是彬彬有礼。部长也是这种人。

门口站着位未老先衰的女人。命运不济的姐妹数不胜数，她就是其中之一。她周身上下穿着黑色衣服，而黑色总是贫穷的标记，丧失欢乐的象征。看脸的轮廓她才二十岁，但看脸上的皱纹她已不下四十岁。也许，在十二个月时间里她一下就跨过了二十年。然而，青春并不甘心这样就早早衰退，还要顽强不屈地表现自己，仍在她身上发出微光。

“对不起，太太。”部长说着把脚放了下来，站起身。座椅跟着一摇，只听到嘎的一响。

“先生是州长吗？”模样可怜巴巴的人问。

部长先深深一躬，把手放在有双排扣的衣服前胸，犹豫起来。最后他决定讲真话。

“嗯，不是，太太。我不是州长。我的头衔是保险统计历史部部长。太太，您有什么事需要我效劳吗？先请坐下，太太。”

来人坐到了端给她的一张椅子上，也许单纯因为体力不支才坐下的。她摇着把扇子：虽然是便宜货，却也说明她尚存一息原有的风雅。她的穿着表明她几乎穷到了极点。她眼前的这人不是州长，但和蔼，质朴，多礼而不做作，经过四十年风霜的脸部皮肤粗黑。她发现他的蓝眼睛明亮有神。这双眼并不减当年他驰骋沙场时的神采。一张嘴紧闭着。在他与塞缪尔·豪斯顿这头雄狮面对面相抗衡那一天，在反对他想退出联邦的日子里，他的嘴就是这样紧闭的。现在卢克·孔罗德·斯坦迪弗到了保险统计历史部，这里得讲究艺术与科学，他也就得注重风度与仪表。在家乡时他不修边幅，现在就大不相同了。现在他头戴黑色大垂边软帽，身穿长燕尾服，俨然一副官派风范，尽管他这个部位列官厅之尾。

“太太，你要见州长吗？”部长问，用的是对女性说话时惯有的文雅声气。

“也不一定。”来客迟疑起来，“见倒是想见。”接着，她被对方同情的目光所鼓舞，和盘道出了她的困境。

事情其实太平常，一般人听了会觉得乏味，而不会产生怜悯。原来是婚后生活不幸，她嫁的丈夫是个没心肝的畜生、强盗，挥霍无度，全无道德，胡作非为，连最低生活费也不供给她。甚至，这个不成器的家伙还动手打她。事情就发生在前一天，有她一边太阳穴上的伤痕为证，其原因是她要点吃饭钱，便触犯了他的天规。她不失为一名女性，尽管发生了这种事，还为她凶神恶煞的丈夫作了辩解，说他当时喝醉了，没喝醉时很少动手打她。

这位脸色苍白的苦命女人说：“我只盼州里能给我一点救济。听说最早来这里的人有过家属领到救济的事。还听说跟墨西哥人打过仗的，开发乡下有功的，赶走过印第安人的，州里以往都分给他们土地。我父亲这些事都做过，可是什么也没有得到。他也从来不愿意要什么。我想我只有去见州长，所以就来了。如果父亲可以得到点什么，州里也许会给我。”

“你讲的事完全可能有，太太。”斯坦迪弗说，“不过这些老功臣和最初定居的人早发了土地证，时间隔得久了。我们到土地局查查，就很清楚。令尊的大名是……”

“阿莫斯·科尔文，先生。”

“哎呀呀！”斯坦迪弗激动得站起身，解开了扣得紧紧的衣服，嚷道，“你是阿莫斯·科尔文的女儿？太太，你不知道，我和阿莫斯·科尔文有十多年的深交，亲如手足哩！我们在凯厄瓦打过仗，赶过牛，肩并肩巡逻几乎跑遍了得克萨斯。我想起来了，我见过你一回。那时你还是个六七岁的娃娃，骑在匹小黄马上来回走。我和阿莫斯到你家是为了吃点东西，我们在追墨西哥偷牛贼，跑遍了卡恩斯和比。乖乖隆滴咚！你就是阿莫斯·科尔文的小女儿！你听没听您父亲说起过卢克·斯坦迪弗？哪怕是偶然提起，就像他跟我只有一面之交似的。”

来客苍白的脸上掠过淡淡一丝笑容。

她说：“我记得他很少谈别的事，每天一说起来总离不了他跟你在一起的经历。临去世前不久，我听到他说，有一次印第安人把他打伤了，你在草丛里爬到他身边，送来壶水，而他们那些人……”

“得了吧，得了吧，哟，那算得了什么！哼！”斯坦迪弗大声说，把衣服纽扣又迅速扣上，“太太，你说说，那王八羔子——对不起得很，太太——尊夫的大名呢？”

“本顿·夏普。”

部长哼了一声又坐到椅子上。他最有交情的朋友的女儿，这位穿褪了色的旧长衫的弱小女人竟嫁给了本顿·夏普！本顿·夏普是得克萨斯州这一带最声名狼藉的坏家伙，原来偷过牛，是无法无天的亡命之徒，现在好赌，到处横行霸道，仗着自己名声大，枪法好，在边境大些的城镇称王称霸。很少有人敢“冒犯”本顿·夏普。甚至执法人员也只求能与他相安无事，夏普打枪又快又准，而且命大，遇上危难能不伤一根毫毛。斯坦迪弗猜不透这只恶鹰怎么会配上阿莫斯·科尔文的小鸽子，他便问起了由来。

夏普太太叹口气。

“说实话，斯坦迪弗先生，我们开始一点也不了解他，要是装起样来，他对人非常热情温和。那时我们住在戈利亚德的小县城里。本顿骑着马到那儿住了些时候。我想当时我比现在长得漂亮。结婚后的第一年他对我很好。他投保了五千元人寿险，为的是我。但最近这半年他就差没把我杀了。我常想，还不如让他杀了好。有时候他缺钱花，倒恬不知耻地骂我没什么供他开销。后来父亲死了，留给我一所小房子，在戈利亚德。他这个当丈夫的逼我把房子卖了，弄得我一无所有。我身体弱，不能工作，几乎活不下去。最近我听说他在圣安东尼奥赚了钱，赶到那里，找到他，求他多少给我些钱，结果他给了我这个。”她说着一摸太阳穴上发紫的伤痕，“我这才来奥斯汀找州长。有一次我听父亲说过，他可以从州里得到一片土地或者一笔钱，但是他绝不会伸手要。”

卢克·斯坦迪弗站起身，把椅子往后一推，向摆设漂亮的大办公室茫然扫了一眼。

“向政府要这些东西手续非常麻烦。”他慢悠悠地说，“要发公文，请律师，经过查勘，取证，到法院，够你等的。”部长深锁双眉继续说道，“我不知道我管辖的这个部有没有权办理。太太，这只是保险统计历史部，听名称像是管不了。不过有时候马鞍垫也会有伸缩性。太太，你就在这儿稍坐一会儿，我到隔壁房间去看看情况。”

隔壁房间的州财政部长坐在高而牢靠的围栏里看报纸。这一天的公务就快结束，几名职员懒洋洋地伏在桌上，就等下班时间到。保险统计历史部长走进门，把头伸进窗口。

财政部长是个老头，须发雪白，个子小，反应敏捷，见到斯坦迪弗像年轻人一样一跃而起，迎上前来。这两人是多年的老朋友。

“弗兰克大叔，”部长用的是所有得克萨斯人对财政部长惯用的称呼，“你手头还有多少钱？”

财政部长说出了刚结算出的数目，精确到几角几分。约数是一百多万。

部长轻轻吹着口哨，眼里露出了希望的光芒。

“弗兰克大叔，你认识或者听说过阿莫斯·科尔文吗？”

财政部长马上答道：“非常熟悉。一个大好人，贡献不小，最早到西南定居的就有他。”

斯坦迪弗说：“他女儿就坐在我办公室里，她一贫如洗，嫁给了恶棍、杀人不眨眼的本顿·夏普。这家伙用光了她的家当，伤透了她的心。她父亲建设得克萨斯州有功，州里现在应该帮帮他女儿，花两千元就可以替她买回房子，让她有个安身之处。这种事得克萨斯州不能拒绝。弗兰克大叔，你拿钱来，我这就去给她，正式手续我们以后补办。”

财政部长被弄得莫名其妙。

“斯坦迪弗，你这是怎么啦？”他说，“主计长不认可，我一分一文也不能动，每拿出去一块钱，就得拿进一块钱的单据。”

部长露出些不耐烦的神色。

“单据我开给你。”他说，“他们叫我到这儿是为干什么来着？难道叫我吃干饭？这点事我部里还管不了？就记到保险统计历史部的账上吧。阿莫斯·科尔文来的时候得克萨斯还是墨西哥人、印第安人和响尾蛇的世界，他为了打出个白人的天下日夜拼死拼活，他不就是让统计了的人吗？把阿莫斯·科尔文女儿毁了的人正是想搞垮你、我和老得克萨斯人流血流汗创建的基业，这不也是有统计数作证的吗？查查历史吧，单星州[①]现在是联邦里最了不起的州，那些出过力的人的子孙有了难处过不了日子时，州里不是从来就没有见危不救吗？如果统计历史部管不了阿莫斯·科尔文女儿的事，那我下次议会开会请求把我这个部撤销算了。弗兰克大叔，你就把这笔钱给她算了吧。只要你肯给，公文上的字由我签。如果以后州长、主计长，或者哪位老兄老弟找麻烦，那你等着瞧吧，我把这件事对老百姓去说，不怕老百姓会不赞成。”

财政部长的表情是又佩服又吃惊。另一位部长说到最后声音变大了，尽管这一通话很重感情，但多少说明州里一位不大不小的部长是否有头脑。几个职员支棱起耳朵听。

财政部长劝慰道：“听我说吧，斯坦迪弗，你知道这件事我很愿意帮忙，但是你也得冷静地想想。财政部里的一分一文钱要花都得由立法机构划拨，主计长开了支票才能提取。我做不了主用一分一文。你也不行。你那个部不管花钱，甚至不算职能部门，仅仅是事务部门。这位太太领救济唯一的办法是向立法机构

---

① 得克萨斯州的州旗为一颗星，单星州的名称由此而来。

提出申请，然后……”

“去他妈的什么立法机构！”斯坦迪弗说完转身要走。

财政部长叫住了他。

“斯坦迪弗，我这里私人捐赠一百元，解解科尔文女儿的燃眉之急。”说着他伸手拿小提包。

“弗兰克大叔，别费事啦，这倒用不着。”部长的声气放缓和了，“她还没有提出这种要求。再说，她的事落在我手上了。现在我算是明白了叫我管了个什么狗屁部，只抵得上一本历书或者一个旅馆的登记处。但是只要由我管着，就不会把阿莫斯·科尔文的女儿拒之门外，也不会干出越权的事来。你就瞧着保险统计历史部吧。”

部长回到办公室后显得心事重重。不知多少次，他把桌上的墨水瓶打开又盖上，盖上又打开，既像是有心，又像是无心，最后才说话。“那你为什么不离婚呢？”他提出了个意想不到的问题。

“我付不起离婚的费用。”来客说。

“我觉得我这个部的职权现在似乎突然间小了许多。”部长用一本正经的声气说道，“统计已经到了头，历史分文不值。不过，你还是找对了地方，太太，部里会把你的事管到底。太太，你刚才说你丈夫在哪里？”

“昨天都还没有离开安东尼奥。他现在住在那里。”

突然，部长放下了架子，拉着这位未老先衰的弱小女人的手，用往日走小路时和坐在篝火边时说话的声气问道：

“你的名字是阿曼达，对吗？”

“对，先生。”

“我记得是。我常听你爸爸说起你。我说，阿曼达，你找的是你父亲最好的朋友，州政府一个大办公室的首脑，你有难处会帮你解决。过去打仗放牛有了危难总是多亏你父亲搭救，现在我想问你一件事。阿曼达，你手头的钱是不是还够你维持两三天？”

夏普太太苍白的脸上出现了微红。

“足够。维持几天都可以，先生。”

“那就行，太太。你现在回你在这儿落脚的地方去，后天下午四点钟再到办公室来。到那时我很可能给你一个明确的答复。”说到这里部长犹豫起来，还显得有点窘，“你说你丈夫保了五千元人寿险，对吗？你知不知道保险金有没有一直在付？”

“五个月前他预付了一年的保险金，保险单和收据还放在我箱子里。”夏普太太答道。

“好，这就行。这一类东西得好好保管，说不定哪天会派上用场。”斯坦迪弗说。

夏普太太告辞了。没多久，卢克·斯坦迪弗回到他下榻的小旅店，查了报纸上的火车时刻表。又过半小时，他脱下上衣和背心，往肩上挂了个形状古怪的手枪套，枪套落在靠近左腋窝处。他塞进一支短管点四四口径手枪。然后再穿上衣服，走到火车站，登上五点二十分的火车去圣安东尼奥。

第二天上午，圣安东尼奥的《快报》登出了一条大快人心的消息：

本顿·夏普遇劲敌

一得克萨斯西南头号亡命之徒在金线餐馆殒命 本州要员快手自卫击毙特大恶棍

昨夜十一时，本顿·夏普与另两人走进金线餐馆，坐到一张桌边。夏普杯不离口，边饮边照例高声喧闹。三人落座后五分钟，店里进来位先生，个高，衣着体面，已有一把年纪。殊不知这位正是现任保险统计历史部部长卢克·斯坦迪弗阁下。

斯坦迪弗先生走到夏普所靠墙边，打算在近旁餐桌入座，不料把礼帽挂到墙上的衣帽钩时，礼帽未挂稳，打到夏普头上。夏普火冒三丈，转身破口大骂。斯坦迪弗先生未动肝火，表示道歉，但夏普仍恶语伤人。斯坦迪弗先生近前对这无赖又说了几句，但声音太轻，旁人未能听得一字。夏普气得跳脚。这时斯坦迪弗先生已走开几步，站着没动，上衣敞开，两手交叉搁在前胸。

夏普裤后口袋从不离枪，这时伸手便掏。此人素来手快心狠，令人丧胆，一掏枪至少曾使十来人丧命。据在场人士称，尽管夏普动作迅速，对方掏枪却更是快如闪电，这一绝招西南部人见所未见。夏普正举枪时（也有叫人目不暇接之神速），斯坦迪弗先生右手变戏法般亮出了一枝闪亮的点四四，还未见手动，一枪便命中本顿心脏。这位保险统计历史部新部长早先必定打过印第安人，当过巡逻队员多年，否则运用点四四手枪不可能有如此高超的技艺。

照例今天将举行听证，据信斯坦迪弗先生不会有任何麻烦，因为所有在场目击者众口一词，皆云此举乃是自卫。

夏普太太按约定时间到了部长的办公室，见这位大人正悠闲地啃一只金黄色的苹果。他坦然地、毫不犹豫地向她说出了这一天要说的事情。

“太太，我迫不得已这样，要不然自己得完蛋。”他痛快淋漓地说，然后转身对老职员道，“考夫曼先生，请你查查人寿保险公司的档案，看看他们出没出过问题。”

考夫曼是把什么事全都装在脑子里的，说道："不用查，没出过。所有损失他们都是在十天内照赔的。"

过了一会儿，夏普太太起身要走。她已打定了主意，在城里等赔款。部长没挽留她。她是个女人，部长此时不知对她该说什么才得体。休息和时间会带给她所需要的东西。

但就在她走时，卢克·斯坦迪弗说了几句与他这个部工作有关的话：

"太太，对你的问题保险统计历史部用了最妥善的办法解决。按公事公办的原则这件事很难办。统计不相干，历史不沾边，但我可以说，根据保险条例办我们完全有根据。"

经验与狗

不久以前，我的一位老朋友从热带地区回到纽约。他叫杰·皮·布里杰，任美国驻拉托纳岛[1]领事。我们在一起痛痛快快吃玩，参观了熨斗大厦，可惜差两个夜晚没赶上看布朗克斯利斯巡回动物展。后来有一天退潮时，我们沿着条与百老汇平行、似百老汇却远不及百老汇的马路闲逛。

一个相貌出众却显俗气的女人从我们身边经过，牵了条黄哈巴狗。这畜生四条短腿边摇摇摆摆走着，边哼哼，一副坏心肠。它绊到了布里杰的腿，却反而怪布里杰，气冲冲叫着咬了一口。布里杰一脚踢得小畜生快断气，开心地笑了。那女人放连珠炮般吐出一大串形容词，她把我们看成了什么人你可想而知，但我们没理会。往前走了十来步，遇上个一头白发乱蓬蓬的老太婆讨钱，其实她的存折就塞在破披肩下藏着。布里杰停住脚步，从漂党的背心里掏出个两角五分的银币给了老太婆。

到街口时见到个人穿得倒讲究，但体重足有五百斤，下颚垂着的一块肉又大又白，像扑了米粉，链条牵的条魔鬼生牛头犬[2]前

① 拉托纳岛系作者杜撰。

② 牛头犬是一种猛犬，身体结实，嘴方，头大，毛短。

腿特别短，连猎獾犬[1]都不如。他站在街口。一个戴顶过了时的帽子的小个子女人对着他直哭，任他低声骂。一个骂起来出口成章，一个显然除了哭别无办法。

布里杰又笑了，是暗自发笑。这次他掏出个小记事本，把这件事记了下来。如果不向人作应有的解释，他这样做就不应该。我坦率地向他说了。

布里杰答道："我在拉托纳听到了一条经验之谈。现在我到处搜集例证，证实这一说。向世人公开时机还不成熟，但我可以告诉你。你听了以后不妨想想你所认识的人，看看这条经验之谈有没有道理。"

于是，我把布里杰带到一家偏僻的有假棕榈树的酒店，他给我讲了件亲身经历的事。现在我把这件事用我的话转述如下，是否属实责任由他负。

一天下午三点，拉托纳岛上有个孩子在海滩上一路跑一路叫："'帕哈罗'号来啦！"

这一叫大家就都知道了他耳尖，判断声音准确无误。

在拉托纳，谁要是首先听到还见不着影的轮船并大声吆喝起来，而且把船名说得准确，谁就成了个小小的英雄，别人要夺他的位子得等下一艘船。所以，拉托纳岛上光着脚的小子互不相让，但小帆船进港时吹的海螺与远处轮船的汽笛声音相差无几，听错上当的人不少。有人则不然，当汽笛声还不及吹过椰子树的风声响时，他们就能对你说出船的名称。

这一天叫"帕哈罗"号来了的孩子当了英雄。拉托纳岛的人侧耳细听，没多久果然低沉的声音越来越大，越来越近，最后看

① 猎獾犬是一种身长腿短的猎犬。

到低洼处的一线椰子树树梢冒出了两个黑烟囱，水果船慢慢向港口驶了过来。

各位须知，拉托纳是位于南美一个共和国以南二十英里的一个岛屿，该国的一港。它安卧在平静的海中，无忧无虑，得福于地处富裕的热带，这里万物迅速“成熟，死亡，走向坟墓”。

沿马蹄形小港有个绿树成荫的村庄，村里的八百人过着悠闲自在的生活。他们大多是西班牙人与印第安人的混血儿，血液中既有多明戈土著人的贡献，也有西班牙官员的遗传，还掺杂着三四个早先来的白色种族留下的成分。

光顾拉托纳的只有水果船，是顺路到岛上接香蕉贩，同时送来星期天的报纸、冰块、奎宁、腊肉、西瓜、疫苗。拉托纳与外界的往来也就此而已。

涨潮时“帕哈罗”号威风凛凛地驶来，在平静的海港外掀起一股股白色海浪，停在海港口。村里早有两条小船划了过来，一条送香蕉贩，另一条接卸下的货物。轮船停稳时，小船已划出一半路程。

香蕉贩连人带船上了轮船，“帕哈罗”号驶往大陆装水果。

另一条小船回拉托纳时载了“帕哈罗”号卸下的冰块，一捆报纸，还有一名乘客，名叫泰勒·普伦基特，肯塔基州查塔姆县[①]的警长。

美国驻拉托纳领事布里杰这时在离海二十码的一株面包树[②]下的小官邸里擦枪。领事在他那个政党的队伍中位置接近队尾，乐队的车离他远，传到他耳里的音乐已微乎其微。美差归了别人，布里杰被派到拉托纳当领事只吃到一口残羹剩饭。但话说回来，

---

① 经查，肯塔基州并无查塔姆县。实际上佐治亚州与北卡罗来纳州才有查塔姆县。

② 面包树是热带植物，果实形似面包，且烤后有面包状蜂窝窗，故得名面包树。

一年九百美元在拉托纳花销绰绰有余。而且布里杰在他的官邸附近水里打鳄鱼打上了瘾，并不会过得不快活。

他仔细检查过枪机后一抬头，发现门口站了个体格健壮的人。这人虽健壮，走路却听不到脚步声，行动也迟缓，皮肤几乎晒得焦黄，年纪已四十五，穿的是家织布，一身倒干净，浅色的头发又稀又少，黄中带灰的胡须修剪得很短，淡蓝色的眼睛里显现出温和与单纯。

“阁下就是领事布里杰先生吗？他们说你住在这里。”体格健壮的人说，“请问沿海边那种鸡毛帚似的树上结的那一大串一大串东西是什么？看起来活像葫芦。”

领事叠好擦枪布，说：“你坐那椅子吧。不对，是另一把。那把竹椅吃不消你。你看到的那些东西是椰子，青椰子。没成熟时，椰子有些发青。”

来客小心翼翼地坐下，说：“非常感谢。我不愿不问个明白就对老家的人胡乱说见到了橄榄树。我姓普伦基特，是肯塔基州查塔姆县的警长，受命到这个岛来抓捕一个人归案，有该国总统签署的引渡公文，手续齐备，公文就在我口袋里。罪犯名叫韦德·韦廉斯，现在的职业是种植椰子。两年前他害死了他妻子，逮捕他就是为这件事。他现在在哪里？”

领事眯起一只眼往枪管里看。

“这岛上没人姓威廉斯。”他说。

“这我早料到了。”普伦基特满不在乎地说，“他会随便换个名字。”

布里杰说：“而且，除了我，拉托纳只有两个美国人，一个叫鲍勃·里夫斯，一个叫亨利·摩根。”

“我要抓的人是卖椰子的。”普伦基特提出了线索。

“你看见延伸到尖角的那线椰林吗？”领事说着手朝敞开的大门一挥，“那一线是鲍勃·里夫斯的。往下岛小的椰子一半归亨利·摩根所有。”

警长说：“韦德·威廉斯一个月前给查塔姆县的一个人写信说出了实情，把地址和近况讲得清清楚楚。谁知信让人捡到交了出来。他们派了我来抓，我有正式公文。可以肯定，他在你们这里经营椰子。”

布里杰说：“那你该有他的照片。这人不是里夫斯就是摩根了。真可惜，像他们俩那样的好人你开着汽车一天也难遇上一个。”

普伦基特为难地说：“你猜错了，威廉斯的照片没办法弄到，我又没亲眼见过他。我才当了一年警长。不过他的模样我还是知道得很清楚，身高约五点几英尺，黑头发，黑眼睛，鹰钩鼻，肩又宽又厚，牙齿雪白，一颗也没掉，爱笑，健谈，爱喝酒，但从不过量，说话时眼睛老盯着你，年龄三十五岁。你这里的人哪个是这模样？”

领事咧开嘴笑了。

他放下枪，戴上黑色脏羊驼[①]毛帽，说：“我看这样办吧：普伦基特先生，你跟我走，我带你去见这两个人。只要你能判断哪个与你说的外貌特征更相符，我甘拜下风。”

布里杰领着警长出了门，沿着没有沙的海滩走。村里的房子都小，稀稀拉拉，紧靠这线海滩。村子背靠一线林木茂密的小山。领事带着普伦基特沿挖出的泥土阶梯走上一座小山。阶梯尽头有座芳草盖顶的木头屋，才两间房。屋外一个加勒比女人在洗衣。领事把警长领到朝海港的那间房门口。

---

① 羊驼是南美洲产的一种很像山羊的动物。

房间里有两个人，只穿件衬衣，正要坐下吃饭。他们细看并不相像，但哪个都与普伦基特说的特征相符，无论身高、头发的颜色、鼻子的形状、体格、举止，均能对上号。他们是典型的美国人，开朗、机灵、有气量，在异乡客地结成了伙伴。

一看见领事，两人同声叫道："你好，布里杰！进来一起吃饭！"说完这才发现跟在领事身后的普伦基特，虽然奇怪，却热情地迎上前来。

"先生们，"领事说话的声音变得分外庄重，"这位是普伦基特先生。普伦基特先生，这两位是里夫斯先生和摩根先生。"

两位椰子大王高高兴兴地向来客表示欢迎。里夫斯比摩根似乎高一英寸，但笑声没他大。摩根的眼睛是深棕色，里夫斯的眼睛是黑色。里夫斯是这屋子的主人，连忙给两位来客端过两把椅子，又吩咐加勒比女人再摆两套餐具。据说，摩根住在下面一间竹棚里，但两人每天都在一起吃饭。趁主人在忙活，普伦基特站着没动，浅蓝色的眼睛四处打量着。布里杰感到内疚，心神不安。

后来两套餐具摆好了，四人这才就位。里夫斯与摩根面对面各站在桌子一边，客人也各站在一方。里夫斯略一点头，示意都落座，却不料普伦基斯威严地打个手势，眼睛既没正视里夫斯也没正视摩根。

"韦德·威廉斯，你因一桩命案被捕了。"他不露声色地说。

里夫斯与摩根立刻互相看了一眼，眼神是怀疑里夹杂着几分惊讶。然后同时转向刚刚说那话的人，眼神变成迷惑中夹杂着明显的不满。

摩根坦然地说："普伦基特先生，我们不明白你这话的意思。你刚才是说‘威廉斯’吗？”

里夫斯对着领事一笑，问道：“布里杰，这开的是哪门子玩笑？”

没等布里杰答话，普伦基特又开口了。

“我来解释吧。”他说，仍然不露声色，“你们两人中有一个是不用我做任何解释的，但另一个还需要。你们中有一个是肯塔基州查塔姆县人，叫韦德·威廉斯。两年前的五月五日，你害死了自己的妻子，死前她受过五年的虐待和辱骂。我领了正式公文逮捕你归案，你得跟我走。明天水果船送香蕉贩回岛，我们乘水果船返回。先生们，我承认我弄不清你们哪一位是威廉斯，然而我希望你们明白，明天韦德·威廉斯得回查塔姆县。”

摩根和里夫斯哈哈大笑起来，笑声传到了远处宁静的海港。一溜渔船上有两三个渔民抬头望着小山上美国人的房子，心中暗自奇怪。

摩根好不容易止住笑，说道：“我的好普伦基特先生，饭菜都快凉了，快坐下吃吧。我就想喝鱼翅汤，快等不及了。公事吃了饭再说吧。”

里夫斯热情地说：“请坐请坐，先生们。我相信普伦基特先生不会反对。也许不急着办对普伦基特先生辨认应该逮捕的人反而有利。”

“当然不会反对，我也饿了。”普伦基特说着一屁股坐到了椅子上，“我先得讲明来意才能接受款待，没别的目的。”

里夫斯把酒瓶和酒杯摆到桌上。

“法国科尼亚克产的白兰地，苏格兰烈性酒，稞麦酒都有，请各位自便吧。”他说。

布里杰说要喝稞麦酒，里夫斯给自己倒了三指深的苏酒，摩根喝的也一样。警官一再推让，往杯里倒了满满一杯水。

里夫斯端起酒杯，说："来，为威廉斯先生干一杯，祝他吃饭胃口好！"摩根又笑又喝酒，结果呛得把酒吐了出来。四人吃了起来，菜的确炒得美味可口。

"威廉斯！"普伦基特突然厉声叫道。

几个人都抬起头，莫名其妙。里夫斯看到警长和蔼的眼光落到自己身上，脸有些红了。

他带着几分不满说："你得明白，我姓里夫斯，不希望你也……"一转念，他觉得这件事可笑，结果打起哈哈来。

摩根往牛油果里慢慢倒着佐料，说："普伦基特先生，我想，你一定知道，如果你抓错了人，回到肯塔基州会惹出大麻烦来。当然，我只是说如果你非要抓个人回去不可的话。"

警长说："谢谢你的指点。不过，人我非带回去一个不可，而且是你们两位中的一位。不错，如果抓错了人，会吃不了兜着走，这我也知道；但我自有办法，逮着该抓的人。"

摩根笑嘻嘻一眨眼，把身子凑过来，说："我告诉你一个办法吧，你把我带走，我心甘情愿跟你去。今年的椰子生意不景气，我想从你们吃公事饭的人身上捞点外快。"

"那可不行。"里夫斯来凑热闹，"上次一船货每千我才挣了十六块。普伦基特先生，把我带走吧。"

警长耐性好，说："我会带走韦德·威廉斯的，要不然我交不了账。"

摩根装作发抖，说："这餐饭像是跟鬼在一块吃，还是杀人犯的鬼魂。威廉斯先生这么坏，谁敢给他的鬼魂递根牙签呢？"

普伦基特满不在乎，仿佛还是在查塔姆县自己家吃饭。他一点也不挑食，热带饭菜头一回尝同样吃得津津有味。他才不出众，貌不惊人，甚至行动迟缓，看起来完全缺乏办案警官的机灵。他甚至没有再留心观察眼前两个人，就是这两人中有一个犯有杀妻大罪，他蛮有把握领了使命要逮捕归案。现在他的确面临一个难题，万一解错，他便要栽个大跟头，然而他似乎没想这些，一心一意在品味从未吃过的清炖鬣蜥蜴片汤①。

领事倒是非常为难。里夫斯与摩根早成了他的莫逆之交，然而论公务论道义他都得帮肯塔基州来的警长一把。于是唯独布里杰坐着一声没吭，估量着眼前这局面。他的看法是，根据对他们的一贯了解，里夫斯与摩根两人都思路敏捷，在普伦基特说明他来意的那一刻——闪电般短促的一刻——都会猜想到对方也许当真就是罪犯威廉斯，而且就在那一刻下了决心，别出卖朋友，一定要帮朋友度过危难。领事就是这样分析的，如果他是位出版斗智斗法死里逃生书的书商，那他一定会给这位从肯塔基州查塔姆县来的警长出尽难题。

吃完饭，加勒比女人收走了菜盘和桌布。里夫斯往桌上撒了把名贵香烟，普伦基特也没例外，点了一根，显然高高兴兴。

摩根望着布里杰一笑，一眨眼，说："我也许脑子笨，但还是想看看究竟笨不笨。依我想，普伦基特先生是在开玩笑，吓唬吓唬没见过世面的人。请问这位威廉森是真有其人呢，还是人云亦云？"

"是威廉斯！"普伦基特郑重其事地纠正道，"我这辈子还从没开过玩笑。如果我没把握把韦德·威廉斯带回去，怎么会跑两千英里路讨这份苦差干呢？先生们！"警长边说边用一双和蔼的眼睛打量那两个人，并看不出他怀疑上了谁，"这种事哪会是开什么玩笑？现在我说的话韦德·威廉斯句句都在听着，但是出于礼

① 鬣蜥蜴是美洲热带地方所产的一种大蜥蜴。

貌，我只当他是局外人。在长达五年的时间里，他把妻子当成一条狗。——不对，这个比喻不恰当。肯塔基州哪条狗过的日子都比她好。妻子挣钱他花钱，不是拿去赌赛马就是拿去打牌，要不就打猎，跑马。这人对朋友很讲交情，但在家里却是冷面恶魔。亏待了她五年不够，最后还用拳头揍，那拳头就像石头一样硬，可怜他妻子受尽折磨时还正害着病，身体虚弱。第二天妻子死了，他逃之夭夭。就是这么回事。这已经构成犯罪。我从没见过威廉斯，但认识他妻子。我这人说话不愿说一半留一半。他妻子认识他时，已经与我做伴。那女人去路易斯维尔作客，见到了他。老实说，他马上把我的希望毁了。当时我住在坎伯兰山区的边缘地带。韦德·威廉斯害死妻子后一年，我当选为查塔姆县警长。我到这里逮捕他归案是公事公办，但我也承认，这中间还有个人感情问题。他得跟我回去。里夫斯先生，请给我一根火柴好吗？”

摩根把脚跷到墙上，说：“威廉斯太没头脑，会动手打肯塔基州的女人。我好像听说过，那些女人一个个都很小气。”

里夫斯又倒了些苏格兰酒，说：“反正威廉斯坏透了顶。”

这两人话说得轻松，但领事看得出来也觉察得出来，两人的动作和声音都有些拘谨，心里在害怕露出破绽。他暗暗想着：“好样的，他们俩都真够朋友，都想互相袒护。”

这时，一条狗走进了他们坐的房间，是一条长耳朵猎狗，有黑毛也有黄毛，大摇大摆，蛮有把握会受到欢迎。

普伦基特转过头看着狗，狗并不害怕，站住了，离他坐的椅子才几英尺。

突然，警官咬牙切齿骂了一声，走过去，抬起穿着又大又重的鞋子的脚使劲狠踢一脚。

猎狗毫无防备，又吃惊又痛又伤心，扇着耳朵夹着尾巴尖叫一声。

里夫斯与领事坐在椅上没动，也没开口说话，但见到查塔姆县来的人突然干出这种异乎寻常的事来，都吃了一惊。

但摩根立刻脸红脖子粗，跳了起来，挥起一只拳头对着客人。

“你——你这畜生，你怎么干出这种事来！”他气冲冲大叫着。

但是风波转眼平息，普伦基特含含糊糊说了句表示歉意的话，又坐下来。摩根好不容易压住心头火气，也回到了座位上。

摩根刚坐下，普伦基特像老虎一样一转身扑到桌子另一边，把手铐套到了他手上，他还呆若木鸡。

普伦基特大声嚷着：“你爱狗如命却害死了妻子！做好准备去见你的上帝吧。”

听布里杰说完，我问道：

“他抓对了人吗？”

“抓对了。”领事说。

我有些迷惑不解，又问：“他怎么会认得准呢？”

布里杰答道：“普伦基特第二天押着他上了小船，再转乘‘帕哈罗’号轮。上小船前他与我握手，我也问了他这个问题。

“他说：‘布里杰先生，我是肯塔基州人，人和动物都见得多，还从没见过一个爱马爱狗如命的人对女人不心狠的。’”

一千元

“一千元！”托尔曼律师庄重严肃地重说了一遍，“钱你这就拿去。”

吉利恩少爷数着薄薄一叠每张五十元的新钞票，做个鬼脸一笑。

“这个数目真叫人哭笑不得。”他满不在乎地对律师说，“如果有一万元，拿到手你尽可以大手大脚地花，脸上有光彩。甚至干脆只五十也好对付。

“刚才向你宣读了你叔父的遗嘱，就不知道你句句话都留心听了没有。”托尔曼律师用职业性的干巴巴语气说，“我想提醒你一条：立遗嘱人要求你在用完这一千元后立即向我们说明怎样用掉的。这是遗嘱上写清楚了的。我想你会完全尊重你叔父的遗愿。”

“那理所当然，”年轻人有礼貌地说，“尽管这一来我得增加开销。我也许要雇一名秘书，算账我从来就不内行。”

吉利恩回到他的俱乐部，在俱乐部里找了个人，他平日里称为老布赖森。

老布赖森四十岁，遇事沉着，与人交往少。他坐在角落里看书，见吉利恩走过来。叹了口气，放下书，取下眼镜。

“老布赖森，你听我说，我给你讲件有趣的事。”吉利恩道。

“弹子房里有人，你对那儿谁说都行。你的事我不爱听。”老布赖恩说。

吉利恩卷了根烟，道：“这件事不同寻常，我就愿对你说。弹子房里叮叮当当不是个说话的地方。我叔叔去世了，我刚从他请的两个吃法律饭的人那儿来。他给了我一千元整数的遗产。你说说，拿了一千元你能干什么？”

“我还以为塞普蒂默斯·吉利恩该有五十来万的家当。”老布赖森说，对这件事毫无兴趣，就像蜜蜂对醋瓶毫无兴趣一样。

“他的确有。”吉利恩高兴地附和着，“有趣就有趣在这儿。他把整整一车金币扔给了一种微生物。具体说来就是好些钱给了发明了一种新杆菌的人，剩下的却又用来新建一所医院再消灭这种杆菌。除此之外只有一两个人沾了点小小的光。两个管家各得一只戒指和十元钱，我当侄儿的得一千元。”

“你从来没缺过钱花。”老布赖森说。

“数不清的钱。”吉利恩说，“要说给钱花，我叔叔大方得不能再大方。”

“还有谁得了钱？”老布赖森说。

“再没别人。”吉利恩对着烟皱眉头，又心神不安地用脚踢着长沙发，“有位海登小姐是我叔叔收养的人，就住在他家。她性格文静，还爱音乐。她爸爸弄不清是什么人，只知道跟我叔叔是要好的朋友。我刚才忘了说，她也得了一个戒指和可怜巴巴的十元钱。我还不如就得这么一点点东西好，我能买两瓶酒，戒指送给服务员，整个事情就算了结。老布赖森，你别拿架子，说难听的话。告诉我吧，拿了一千元该怎么办。”

老布赖森擦擦眼睛，笑了笑。吉利恩知道，老布赖森一笑便不会有好听的话。

他说："一千元大事小事都可办。有人拿着能买一个幸福的家，连洛克菲勒都瞧不上眼。另一个人也许送他太太去南方，救下他太太一条命。一千元也可以买纯牛奶，供一百个孩子从六月吃到八月，保住其中五十个人的命。你也可以在哪家有名的美术馆用它买来半个小时的痛快。一千元还可供一个有远大抱负的孩子上学。我听说科罗[①]的一幅真迹昨天在拍卖行卖的就是一千元。你可以到新罕布什尔州的某个小城镇花一千元过上两年的体面日子，也可以花一千元租用一夜麦迪逊广场花园，向听众谈假定继承人[②]的不稳定性，如果还有人听你讲演的话。"

吉利恩并不生气，说："你少来点说教别人反而喜欢你。我只是问你，我拿了一千元该怎么办。"

布赖森轻轻一笑，说："你呀？得啦，博比·吉利恩，你该办的事只一件，就是给洛塔·劳里埃姑娘买个钻石耳坠，然后滚到爱达荷州的哪个牧场去。我建议你去养羊的牧场，因为我最讨厌羊。"

吉利恩起身说："多谢了。老布赖森，我早知道找你可靠。你说的话正好对路。我就想将这笔钱整花，因为怎么用完的我得交代清楚，零打碎敲交代起来太麻烦。"

吉利恩打电话叫来一部马车，对车夫说："到科伦拜恩剧院后台门口。"

洛塔·劳里埃小姐正在化妆，马上要登台演出，下午剧场观

---

① 科罗（1796—1875），法国画家。

② 当有更近的亲属诞生时，假定继承人便不能继承。吉利恩本应是叔父的继承人，但前文提到其叔父将大笔财产送给发现新杆菌的人和捐赠新建医院，所以这句话是挖苦吉利恩的。

众爆满，就在这时服装师告诉她吉利恩先生求见。

“请他进来。”劳里埃小姐说，“博比，你怎么赶在这时候来？我还差两分钟就要演出了。”

“摸摸你的右耳朵根，”吉利恩一本正经说，“摸摸你一定会有好事。我耽误不了你两分钟。给你买件小东西作耳坠，怎么样？价钱在三个零前带个一的我付得起。”

“那随你的便吧。”劳里埃小姐高兴地说。

“亚当，把右手套拿来。喂，博比，德拉·斯塔西前几天晚上戴的那根项链你看到了吗？在蒂芙尼买的，两千二。不过呢，当然——亚当，你把我的腰带往左拉拉。”

“劳里埃小姐出场领唱第一个节目合唱！”唤演员出台的人在外面喊道。

吉利恩坐上等候在外的马车。

“如果你有一千元会怎么花？”他问车夫。

马车夫不假思索地用沙哑的嗓门答道：“开家酒店。我知道一个可以大把花钱的地方，在一个街口，是栋四层楼的砖房。我都数得出有些什么。二楼是中国餐馆，三楼是修指甲的和外国人，四楼是赌场。如果你想把钱投在……”

“你别误会，我只是问问而已。车子按钟点算吧，我不叫停你就一直赶。”吉利恩说。

在百老汇过了八个街口，吉利恩轻轻用拐杖敲敲，叫车停下，下了车。一个盲人坐在人行道上卖铅笔。吉利恩走过去站在盲人面前。

“请问，如果你有一千元会怎么花呢？你能告诉我吗？”他说。

“你是刚从马车上下来的，对吗？”盲人问。

"是的。"吉利恩说。

"我猜你是个好人，要不然不会白天坐马车。你看看这东西，好吗？"卖铅笔的人说。

他从上衣口袋取出一个小册子，拿给吉利恩。吉利恩打开一看，原来是本银行存折，这盲人竟存了一千七百八十五元。

吉利恩把存折还给他，上了马车，说：

"我忘了件事。请你把车赶到托尔曼-夏普律师事务所，在百老汇××号。"

托尔曼律师透过金边眼镜怀疑地、没好气地看着他。

吉利恩笑嘻嘻问："对不起，我想问一个问题，该不会唐突吧？不知海登小姐除了一只戒指和十元钱外，还得到我叔叔的什么东西吗？"

"没有。"托尔曼先生说。

"谢谢，先生。"吉利恩说着出门上了马车，叫车夫赶车去他叔叔家。

海登小姐在书房写信。她个子小，苗条，身穿黑衣，但那双眼睛一定会引起你的注意。吉利恩旁若无人地走了进去。

"我刚从老托尔曼的事务所来，"他解释说，"他们在所里清理卷宗，发现了个……"吉利恩开动脑子想一个法律用语，"发现了遗嘱的修正件或补充件什么的，上面说老头子经再次考虑后慷慨解囊，再给你一千元。我正要上这儿来，托尔曼叫我把钱带给你。你拿去吧。最好数一数，看看是不是一千。"吉利恩把钱放在桌上她手边。

海登小姐脸色变白了，连叫两声："哎呀！哎呀！"

吉利恩侧过半边身子，看着窗外。

"我想，你肯定知道我爱你。"他低声说。

“对不起。”海登小姐说，拿起了钱。

“就不行吗？”吉利恩问，暗自有些高兴。

“对不起。”她又说了句。

“我写个便条，行吗？”吉利恩笑着问。他在书房的大书桌边坐了下来。她给了他纸和笔后走回自己的写字台。

吉利恩是这样写明这一千元的开销的：

不肖子孙罗伯特·吉利恩遵逝者遗愿，将上天所有之一千元交付世上最好、最亲爱的姑娘。

吉利恩把他写好的纸装进信封，鞠躬告辞。

他的马车又在托尔曼-夏普的事务所门前停下了。

“我把一千元已开销了。”他兴冲冲对戴金边眼镜的托尔曼说，“我答应了交代清楚用途，这就来了。你这儿有些热，像过夏天，你看是吗，托尔曼先生？”他把一个白信封扔到律师的桌上，“一千元做了什么用写在上面，先生。”

托尔曼先生没有拆信，走到一张门边，叫来了合伙人夏普。他们一道在一个特大的保险柜里翻着，找出了一个大信封，用蜡封的口。两人开了封，把脑袋靠在一起看着信。看完，由托尔曼说话。

“吉利恩先生，”他用庄重的声音说，“你叔父的遗嘱有条附录，是单独交给我们的，嘱咐在你交代清楚如何使用根据遗嘱继承的一千元时才可启封。由于你已经按要求办事，我的合作人和我看过了附录。我不想让你为附录中的法律术语费脑筋，只将其内容的要旨告诉你。

“如果这一千元的用途表明，你做了值得嘉奖的事，你将得到厚报。我和夏普先生被指定为评判人。你可以放心，我们将恪尽职守，公正办事，不偏不倚。吉利恩先生，我们对你并无偏见。现在让我们回到附录的内容。如果你这笔钱用的谨慎、明智或者是慷慨助人了，我们有权交给你价值五万元的证券。这笔证券已委托给我们处理。我们的委托人，已故的吉利恩先生说得很明白，如果你花这笔钱像过去一样，用已故的吉利恩先生的话说就是在不正经的朋友中胡乱挥霍，那么五万元会马上送给已故吉利恩先生的保护人米里亚姆·海登小姐。吉利恩先生，现在我和夏普先生来审查你如何用了那一千元。我相信你写得明白。希望你信得过我们的判断。”

托尔曼先生伸手去拿信封。吉利恩动作稍快，先拿到了手，把信封和里面的纸条撕成几片，塞到了口袋里。

“请别见怪。”他笑着说，“这件事没有必要麻烦两位了。我想两位不会懂得人各有爱。那一千元我赛马输掉了。再见，先生们。”

吉利恩走了以后，托尔曼与夏普无可奈何地相对摇摇头，因为他们听见他在门厅等电梯时高兴地吹着口哨。

幽境过客

百老汇有家旅社，避暑的人没有发现。它幽深，宽敞，凉爽，各房间装有梓木地板，温度低。这里清风徐来，树木成荫，有阿迪朗达克山[①]之舒适，却无阿迪朗达克山之不便。无论你是爬它的宽楼梯，还是坐电梯扶摇直上，都有穿铜纽扣制服的引路人侍候，那种宁静和快乐爬阿尔卑斯山的人绝对享受不到。厨房里的一位大师傅给你烧的鳟鱼你在怀特山[②]里吃过的也比不上，海味叫你馋涎欲滴，缅因州的鹿肉能打动执法如山的保护动物人的心。

七月在曼哈顿这片沙漠里却很少有人发现这块绿洲。七月里你来看吧，旅社的客人寥寥无几，在高大阴凉的餐厅里东坐一个西坐一个，相互隔着铺了雪白台布的餐桌望望，内心暗自庆幸。

服务员在附近轻轻地、不停地走来走去，目光敏锐，无论你想要什么不等开口便送了过来。温度总低得跟四月的一样。天花板上画着水彩画，是夏日的天空飘着白云，永远不会消散。

远处百老汇的喧嚣声在过得舒舒服服的客人听来像林中的瀑布响，叫你心更静。一有生疏的脚步声传来，客人都要掉转头看

① 阿迪朗达克山是美国纽约州东北部一山脉。

② 怀特山在美国加利福尼亚州东部和内华达州西南部，其邦德里峰高四千米。

看，就怕被人发现、打扰。有些家伙不安分，到处寻快活，连天涯海角都不放过。

所以，在天热时节，一小批真正懂行的人躲进这个旅客稀少的旅社能得到山区和海滨的享受，尽管这些享受是人的艺术与技巧创造的。

今年七月，来了位旅客，递给服务员登记姓名的名片上写着埃洛伊兹·达西·博蒙特夫人①。

这家旅社叫芙蓉旅社，最喜爱博蒙特夫人这样的客人。她风度翩翩，具有上流人物的气质；待人热情亲切，谁都会喜欢，而旅社的雇员更是甘心给她当奴仆。守铃的听到铃声争着给她当差：如果自己是老板，几个职员准会把旅社和旅社里的一切让给她；同店旅客把她看成女性的高雅和美的最高表现，有了她，旅社的环境才至善至美。

这位高贵的客人难得离开旅社半步。她个人的习惯与芙蓉旅社所有有头脑的旅客的习惯相符。你要在旅社享受就得将城市抛到脑后，只当还隔着上百里。夜晚到邻近几家店铺走走倒不妨，但在喧闹的白天，你得守在芙蓉这个世外桃源，就像鳍鱼得守在它喜爱的池塘清水里一样。

尽管博蒙特夫人独身住在芙蓉旅社，却有女王之尊，独来独往正是身价高的表现。她十点吃早饭。这时她潇洒飘逸，微露风姿，像暮色降临时的一朵茉莉。

到吃午饭时她的风采才登峰造极。她穿件漂亮的白长衫，很薄，像遮盖山峡中飞泉的一层雾。这长衫该叫什么名目，笔者不得

---

① 这个姓名的原文是Héloise D'Arcy Beanmont，第一个字为法文，第二个字为英文，第三个英法文中都有，按英文该译为“博蒙特”，法文译为“博蒙”。原文让人觉得叫这个名字的人出身高贵。

而知。它前面镶着边，边上总不离几朵淡红玫瑰。领班服务员望而敬仰，在门口就迎候着。你看到它会想起巴黎，也许还会想起神秘的伯爵夫人，肯定还有凡尔赛等等。不知是风起何处，芙蓉旅社里谣传夫人神通广大，那纤纤白手竟然牵着几个国家的线，暗地里帮着俄国。由于在全球的要地跑过，难怪她有眼力，会挑中芙蓉旅社这块宝地，知道盛夏时节这里是美国最理想的休憩之所。

博蒙特夫人来后的第三天，一位年轻人也到芙蓉来住宿。他衣着入时（如果挑他的长处介绍的话），五官端正，从神情看是个老成练达的人。他对服务员说，他住三四天，又打听了开往欧洲的客船时间。旅客住进喜爱的旅店心满意足，这一家更是举世无双，他享受到与世隔绝的幽静，自然高高兴兴。

年轻人名叫哈罗德·法林顿（如果他登记的姓名真实性不成问题的话）。芙蓉旅社的生活本来就似平静的流水，而他进店又得法，是无声无息来的，所以一点也没惊扰别的也来休憩的人。他在芙蓉吃饭，不往别处，与其他幸运儿一样享受着安逸。在第一天他有了单独的桌子，贴心的服务员，但也担心那些使百老汇天天热闹的人会闯进来，毁了这近在咫尺却又隐蔽的洞天福地。

在哈罗德·法林顿来的第二天，博蒙特夫人吃过晚饭走出餐厅时不慎掉了手帕。法林顿先生捡起来还给了她，却并没有借此机会与她结识的表示。

不知是由于芙蓉旅社的客人都有眼力，无形中灵性相通呢，还是由于在百老汇一家旅社找到了避暑胜地，都运气好，便容易相互接近，反正，这两人讲了几句既彬彬有礼又不拘谨的话。似乎避暑胜地的气氛宜于人交朋结友，他们在走廊尽头的阳台上站了好一会儿，谈得投机。如果说相识是出芽，这根芽立刻生长开花结果，就像魔术师变魔术一样快。

博蒙特夫人露出一丝甜蜜的微笑，说：“老地方都看腻了。去山区去海滨有什么意思？你去那些地方是图个安静，也图个干净，但跟着你去的人正是那些不知道什么叫安静，也不知道什么叫干净的人。”

法林顿感慨地说：“就是到了远洋，那些冤家还是放不过你。现在连乘客最少的轮船都快变成渡船了。我们算是幸运，找到芙蓉旅社这个地方消夏。离百老汇远的倒不是千岛群和麦基诺岛，而是芙蓉。”

夫人叹口气，一笑，说：“但愿这个秘密能保住一星期。如果那些人也涌到芙蓉来，我真不知道有什么地方可去。像这样能舒舒服服过夏天的地方我只听说过一个，就是乌拉尔山波林斯基伯爵的城堡。”

法林顿说：“我听说巴登与坎城[①]今年几乎没人去。老地方的光景已一年不如一年。也许，除了我们，还有许多人在找一般人没注意到的安静角落。”

博蒙特夫人说：“这种太平日子我只能再过三天。锡德里克号星期一起航。”

哈罗德·法林顿的眼里现出惋惜的神情，他说：“我星期一也得走，但不是漂洋过海。”

博蒙特夫人耸耸圆浑的肩膀，这是外国风度。

“这地方叫人留恋，但谁也不能住着不走。乡下为我做了一个多月的准备工作，就等我去[②]。”

“你到了那儿就得没完没了地招待宾客，真是叫人应付不暇！在芙蓉旅社过的这星期我永远忘不了。”

---

① 巴登位于德国西南部，坎城是位于法国东南部的海港。

② 欧洲一些国家的富贵人家在乡间有豪华住宅，且在住处连续数日举行宴会招待宾客。

“我也忘不了，可是锡德里克号我饶不了。”法林顿压低声音说。

过了三天，已是星期日，这两人晚上又到了那阳台上，坐在一张小桌边。服务员服务周到，给他们送来冰和两小杯红葡萄酒。

博蒙特夫人穿着每天晚餐时穿的那件漂亮长衫，手边放了个贵妇人用的小包。她似乎有什么心事。吃完冰块，她打开小包，掏出张一元的钞票。

“法林顿先生，有件事我不想瞒你。”她说着又是一笑，就是这笑容使芙蓉旅社的人都对她倾倒，“明天上午吃过早饭我就走，因为我得上班去。我在凯西商场站柜台，卖袜子，明天上午八点休假到期。我花得只剩下这一张钞票，再见到钱要等星期六晚发工资，也才八元。你是个真正的正派人，对我很好，所以我才愿在离店前把底细告诉你。

“为了休这次假，我精打细算了一年才从工资中省出钱。哪怕以后再不会有第二次，我也下了决心过一周上流人的生活。我希望每天想起床时才起床，用不着每天早上七点非爬起来不可。我想尝尝富人生活的滋味，吃得美，有人侍候，想要什么一按铃就有人送来。现在愿望已经实现，过了一段一直梦想的好光景。我得再去上班，在过道边的小房间里再住上一年。法林顿先生，我对你说实话是因为我——我看你还多少喜欢我，我呢——我是喜欢你的。可是，唉！我只能瞒着你，到现在才说出实话。我似乎是做了一场梦。所以我才谈什么欧洲，还有书上看来的国外有的事，让你以为我是位贵妇人。

“我身上这件衣服——我仅仅有这么一件像样的衣服——这件衣服是在奥多德-莱文斯基服装店分期付款买的。

“花了七十五元，量好身材才做。第一次付十元，以后每星期付一元。法林顿先生，我对你说实话的另外一件事是，我名叫玛米·西维特，不是什么博蒙特夫人。谢谢你听我讲了这么多话。明天是我付款的时间，就付这一张钞票。现在我该回自己房里去了。”

哈罗德·法林顿在听芙蓉旅社最受人喜爱的客人说话时木无表情，等她说完后，从上衣口袋里掏出了一个小本本，很像支票簿。他用铅笔填写了一张，撕下递到对方面前，又拿起那张钞票。

“我今天上午也得上班，”他说，“也可以说现在已经上班了。这是你付的一元钱的收据。我给奥多德-莱文斯基服装店当收款员已经三年了。我们俩度假的想法不谋而合，真有意思，对吗？我一直想到一家豪华旅店住，但每星期只挣二十元，精打细算省着花才实现了这桩心愿。星期六晚上坐船去科尼游乐场，夫人，你说怎样？”

冒牌货埃洛伊兹·达西·博蒙特夫人脸上露出了快乐的神情。

“那我准定会去，法林顿先生。星期六商场十二点关门。其实呢，我们在科尼岛过一星期的阔佬生活也无妨。”

七月的夜晚，阳台下的纽约热得难熬。芙蓉旅社里绿树成荫，凉爽宜人。眼明心细的服务员在矮窗边慢悠悠走着，只要夫人和同她坐在一起的人点点头，马上会来侍候。

两个人直到电梯口时才分手，博蒙特夫人还得最后一次上楼。他们快走近在静候的电梯时，法林顿说：“请你忘掉‘哈罗德·法林顿’这个名字，行吗？我姓麦克马纳斯，全名是詹姆斯·麦克马纳斯。有人叫我吉米。”

“再见，吉米。”夫人说。

伯爵和婚礼的客人

一天下午，安迪·多诺万在二马路房东家吃晚饭时，斯科特太太介绍他认识了一位新客，就是年轻姑娘康韦小姐。康韦小姐个子小，胆子也小。她穿一件不起眼的暗褐色衣服，低着头吃饭，其实似乎吃得并不香。她羞答答抬起眼皮，只正视了多诺万先生一眼，小声说了一遍他的名字，又吃起羊肉来。多诺万先生彬彬有礼地一鞠躬，一笑，尽了礼数，同时也把这位穿暗褐色衣服的人忘到了脑后。

两个星期后，安迪坐在前门的台阶上抽烟，突然听到身后有声响，便不由自主掉转头。

原来是康韦小姐走了出来，穿着身深黑绉纱衣。帽子也是黑色的，还蒙了块黑面纱，更是薄如蛛网。她站在最上一级台阶上，戴上黑色丝手套。周身上下见不到一点白色或其他颜色。一头金发梳成一个平整漂亮的结，盘在脑后。脸谈不上漂亮，但这时两只灰色大眼睛注视着马路对过的天空，一脸哀伤，倒显得楚楚动人。

各位想想一身黑的年轻姑娘吧。对，就是穿黑色绉纱的姑娘。想想她的一身黑色，一脸哀伤，凝视远方的眼睛，蒙在黑纱下的头发（当然，你得有一头金发）。尽管你的青春事实上已经消逝，你还是只当自己尚没有跨过生活的门槛。你到公园散散步也许有好处，但得赶在个合适的时间。只要你去，瞧吧，保管你会遇上这种姑娘。不过，我太不正经了，对吗？看到人家穿丧服还说出这种话真是不像样。

多诺万先生的心目中突然间又有了康韦小姐。他扔掉还没抽的一点二五英寸长的香烟，本来这段烟足够他享受八分钟。接着站了起来。他脚上穿的是双矮帮专利皮鞋。

“康韦小姐，今晚天气晴得好。”他说。如果气象局听到了他说话的肯定语气，准会高高挂起四方形白色信号牌预报晴天。

“多诺万先生，心情好的人才会有好天气。”康韦小姐叹了口气，说。

多诺万内心讨厌好天气。真没心肝！康韦小姐心绪不佳，天就得刮大风，下冰雹，飘雪花才对。

“是不是你的哪位亲人——你是不是有了什么不幸的事吧？”多诺万先生斗胆问道。

康韦小姐犹犹豫豫说：“去世的是——并非亲戚，而是位——得啦，多诺万先生，我不想让你知道伤心事，使你也不痛快。”

“不痛快？”多诺万先生接着就说道，“你这是说到哪儿去啦，康韦小姐。我乐意——不，我的意思是，我会对你产生无限同情。”

康韦小姐勉强一笑。可怜，这一丝苦笑更表现出了她的哀伤。

“‘笑一笑，世人跟着你笑；哭一哭，世人会笑你哭。’”她引出了句名言，“多诺万先生，我知道这道理。我在这地方没有朋友或者熟人。你一直对我好，我非常感谢。”

原来，吃饭时他给她递过两次胡椒。

“单身一人在纽约困难重重，这不用说。”多诺万先生说，

“不过呢，这地方要是慷慨大方，行起好来，又好得无可比拟。康韦小姐，到公园里散散步怎样？也许能散掉几分忧愁，对么？如果你让我……”

“谢谢，多诺万先生。我现在心里正难过，只要你不嫌弃，能陪我一道去当然再好不过。”

两人进了闹市区一座围了铁栏杆的老公园，慢慢散着步，走到一个僻静的地方在条长凳上坐了下来。以往了不起的人物也来这里呼吸过新鲜空气。

年轻人的伤心与老年人的伤心有这样一点区别：如果有人分忧，年轻人的伤心便能减轻；而老年人无论有多少人分忧，他仍然同样伤心。

过了一小时，康韦小姐说出了真情：“去世的人是我未婚夫。我们本来打算明年春天结婚。多诺万先生，也许你只当我在说大话，他是位名副其实的伯爵。他在意大利有地产和城堡，大号是费尔南多·马齐尼伯爵。论风度我没见过谁比他强。当然爸爸不同意。我们私奔过，爸爸追了来，又把我们带回来。我以为爸爸准会与费尔南多决斗。我爸爸在波基普西开马行[①]。

“后来爸爸回心转意，同意我们明年春天结婚。费尔南多给他看了爵号和财产证明，然后回意大利，准备在城堡安家。爸爸非常满意，但是当费尔南多要给我好几千元买嫁妆时，爸爸狠狠骂了他，连戒指和别的礼物都不许我接受。费尔南多坐船走后，我来到纽约，在一家糖果店当出纳员。

“三天前我收到封波基普西转来的信，说费尔南多坐小船时发生意外事故死亡。

“我这才穿了一身丧服，多诺万先生，我的心跟着他一起永

① 波基普西距离纽约不远。

远埋进了坟墓。也许你跟我在一起太没意思，多诺万先生，可是我心目中唯独只想着一个人。你应该有快乐，有对你笑陪你玩的朋友，我不想多连累你。现在我们该回去了，好吗？”

姑娘们，请各位记住，如果你们看到哪个年轻人找镐和铲，就对他说你的心埋进了某某人的坟墓里。年轻人生性好盗墓。你们可以随便问问哪个失去了丈夫的人。穿黑绉纱衣的天使哭泣是因为心埋进了坟墓，要找回失去的心当然得采取些办法。可以肯定，从各方面看倒霉的是死者。

“那真是太可惜了。”多诺万先生轻声说，“别急，我们现在还不必回去。康韦小姐，不要认为你在这里没有朋友。我非常为你惋惜。请相信，我是你的朋友。我感到非常惋惜。”

康韦小姐拿出手帕揩了揩眼泪，说：“我的小像盒里放着他的像，以前从没给谁看过，现在我愿意拿给你看，多诺万先生，因为我相信你是位真正的朋友。”

康韦小姐打开项链下的小盒给多诺万先生看，多诺万先生聚精会神看了很久。费尔南多伯爵的脸的确值得细看，是一位年轻、有教养、聪明人的脸，甚至可以说是一位美男子的脸，同时也是一位性格开朗、能干，也许会出类拔萃的人的脸。

“我房间里还放着一张大的，用相框框着。”康韦小姐又说，“回去以后我拿给你看。这两张像是费尔南多留下的唯一纪念品。不过他永远活在我心里，这是肯定无疑的。”

多诺万先生面临着一件微妙的事，就是如何取代康韦小姐心中那位不幸的伯爵。他看上了她，决心这样办。但这件难办的事似乎并没有叫他多伤神。他扮演的角色是位富有同情心，能排解忧伤的朋友。他干得非常出色，在接下来的半小时里，两人边吃冰淇淋边谈痛心事，然而康韦小姐的灰色大眼睛里却不见半点哀伤。

这天夜晚，在两人分手前，康韦小姐跑到楼上，把相框用一块白色丝绸头巾包着拿了下来。多诺万先生睁大眼仔细看着。

“在去意大利的前天夜晚他送给了我这张像。”康韦小姐说，“肖像盒的像是照着这一张做的。”

“是位美男子。”多诺万先生称赞道，“星期天下午我们一道去科尼岛，行吗，康韦小姐？”

过了一个月，他们对司科特太太和别的房客说，他们已经订婚。

此后又过了一星期，两人同坐在公园里一条长凳上，月光下摇曳的树影中。但这一天多诺万一直显得闷闷不乐。到了晚上，又是一声不吭。这时，爱情的嘴再也闭不住，终于说出了它心中闷了多时的话。

“安迪，你怎么啦？今天晚上沉着脸这么不痛快是为了什么？”

“没什么，玛吉。”

“别瞒着。难道我还看不出来？你从来没这样过。有什么心事呢？”

“没什么大不了的事，玛吉。”

“肯定有，你就说吧。我敢打赌，你在想着别的什么姑娘。这算什么？如果你想要她，尽可以去找她。你别挽着我吧，我不勉强你。”

“那我就对你说吧。”安迪不再推托，说，“不过呢，你不一定理解得了。你听说过迈克·沙利文，是吗？大家说他是个了不起的人。”

“我没听说过。”玛吉说，“如果他把你弄成今天这样，我可不乐意。他是什么人？”

“他是纽约最了不起的人。”安迪的声气里带着敬意。“他对坦慕尼协会[①]和政界别的什么老把戏想怎么样就能怎么样。他站起来能顶天立地。如果你说迈克半句坏话，两秒钟里会有一百万人对你群起而攻之。哼，要是他回故国一趟，哪一路的大王都要退避三舍。

“迈克与我是好朋友，在这地方要说名气我屁也不是，但迈克不但与大人物交朋友，而且和小人物，和穷人都交朋友。今天我在包厄里街[②]遇见了他，你猜他见了我怎样？走过来与我握手，说：‘安迪，我一直在关心你。你混得很不错，我听了非常高兴。你想喝点什么呢？’他抽了根烟，我喝了烈性酒。我告诉他，过两个星期我要结婚了。他听了说：‘安迪，你得邀我去。这事我记在心里，我来参加你的婚礼。’迈克亲口对我这样说，他是说话算话的。

“玛吉，你理解不了，如果迈克·沙利文来参加我们的婚礼，我砍下一只手作代价也值得。他的光临是我一辈子最大的荣幸。有了他参加婚礼，新婚夫妇就可以白头到老。你总算知道了我今天晚上的心事了吧？”

“既然你这么希望他来，为什么不请他来呢？”玛吉不以为然地问道。

“我不请当然有不请的原因，他来不了也有来不了的原因。”安迪难过地说，“请你别追问，我不能告诉你。”

“你不肯说，我还不想听。”玛吉道，“无非是政治上的事。可是你对我没有副笑脸不应该。”

过了一会儿，安迪才说：“玛吉，你对我的感情有没有

---

① 坦慕尼协会是美国民主党在纽约市一个有势力的政治组织，成立于1789年。

② 包厄里街多廉价旅馆和酒店，是没钱人去的地方。

对——对费尔南多伯爵的深？”

他等了很久，玛吉没有回答。后来，她突然靠到他肩上哭起来，泣不成声，紧抓着他的手，眼泪流湿了黑绉纹布衣裳。

“得啦，得啦，得啦！”安迪抛开自己的烦恼，安慰道，“有什么大不了的事呢？”

玛吉抽噎着说：“安迪，我对你说了谎，你是不会愿意与我结婚，不会再爱我了。不过我觉得应该把实情告诉你。安迪，伯爵这个人根本就没有过。我从来没有过情人。但是别的姑娘都有，而且爱挂在嘴边说，她们越说越叫人不好受。你知道，安迪，我穿黑衣服显得漂亮。所以我到一家卖照片的商店买了那一张，还翻拍了一张小的放进我项链的像盒里，编造了遇上伯爵，后来他又死了的一套谎话，要不然我不能穿上这身黑衣服。说谎的人没谁爱，你会不要我的，安迪，我也没脸见人。我没喜欢过别的人，只喜欢你。就是这么回事。”

然而，安迪没有松开手臂，反而把她搂得更紧了。她一看，只见他脸上没有了愁容，却笑了。

“安迪，你能……你能原谅我吗？”

“当然能。这事算什么！”安迪说，“把伯爵的事忘了吧。玛吉，你把事实真相全告诉了我。原来我也只是希望你别拖到婚礼后说。宝贝！”

玛吉知道她已经得到了原谅，红着脸一笑说：“安迪，原来你相信真有那么个伯爵吗？”

“不太相信。”安迪伸手摸出烟盒，“因为你那像盒里的照片是名人迈克·沙利文的。”

似戏非戏

我认识的一位报社记者有两张免票，所以几天前的夜里我去一个杂艺场看了一场演出。

其中一个节目是小提琴独奏，演奏者一表人才，年纪刚过四十，但已满头白发。我对音乐不太爱好，演奏只是过耳风，虽然眼没离演奏者。

“一两个月前这家伙的事让人知道了。”记者说，“他们把差事交给了我。本来要作一篇专题报道，写得尽量轻松有趣。我报道当地新闻写得妙趣横生，老板大概很喜欢。不瞒你说，我现在在写一个滑稽喜剧。等我到他家，了解了前后经过，不过这差事我没办成。回来后我交上的稿是有关城东区一件丧事的引人发笑的报道。那人的事我写得滑稽可笑似乎不大可能。也许你能写成一出独幕悲剧，供正戏开场前演。我把经过告诉你吧。

看过演出后，那位当记者的朋友向我提供了全部事实。

听完后我说：“我看这件事完全可以写篇令人捧腹的好报道。如果真在剧院，这三个人真是演员，他们的表演也不会更荒谬绝伦。说真的，我想世界就是个舞台，世上的男男女女都是演员。让我引用一句莎士比亚的话：‘这件事是一本戏[①]。’”

“那你就写吧。”记者说。

“那行。”我说。

我当真写了，为的是让他看看，他本来可以为他的报纸写出篇引人发笑的专题报道。

阿宾登广场附近有一所房子，底层开了个小商店，卖玩具、文具和日用小商品，有二十五年历史。

二十年前的一个夜晚，商店楼上举行过一次婚礼。寡妇梅奥太太是房主，也是店主。她有个女儿叫海伦，嫁给弗兰克·巴里。充当男傧相的人叫约翰·德莱尼。海伦十八岁，她的照片登在一家晨报上，紧靠在蒙大拿州比尤特发来的一篇有关女杀人犯的报道的大字标题下。但如果你仔细看看，再用脑想想，会发现这两者没有联系。你拿起放大镜读读她照片下的说明吧，原来她是下西城区的大美人之一。

弗兰克·巴里与约翰·德莱尼是亲密朋友，却又是情敌，每次幕启时你等着看吧，两人都要各显身手。花钱听交响乐的人和买小说看的人就爱各显身手的场面。这只是整个事情的第一个可笑之处。这两个年轻人都追求海伦。最后弗兰克取胜，约翰握手祝贺，而且是诚恳地祝贺。

婚礼后海伦跑上楼戴帽子。她穿好了出远门的衣服，要与弗兰克去旧康福特角住一星期。楼下照例等着一大帮闹哄哄的人。

---

① 本句引自莎士比亚的著名悲剧《哈姆雷特》第二幕第二场的结尾，但小说作者根据小说内容需要作了篡改。原文是The play's the thing where I'll catch the conscience of the King。如不改动原文结构，可直译为“这一本戏是我可以发掘国王内心隐秘的东西”，意译则为“凭着这一本戏，我可以发掘国王内心的隐秘”。欧·亨利将原文的play与thing互换位置，成了The thing is the play，可译为“这件事是一本戏”。

正在这时，只听得太平梯响，她房里跳进一个人，鬈曲的头发已经湿了，吊在额前。原来是约翰·德莱尼鬼迷心窍，发了疯，死乞白赖，要他没弄到手的人跟他远走高飞，或去里弗里艾，或去布朗克斯[①]，或去其他气候宜人逍遥自在的地方。

海伦坚决拒绝了他。她气冲冲、恶狠狠地瞪着他，质问他为什么对正派人说胡话，讨个没趣。

没过多久，她叫他死了心，这位好汉也清醒过来。他深深鞠着躬，说自己“失去理智”，“会在心里永远记着”等等。海伦叫他赶快再从太平梯下去。

约翰·德莱尼说道：“我要远走天涯海角。在你身边见到你属于别人我受不了，我要去非洲，到异乡客地去……”

海伦没等他说完，道：“你快走吧，马上有人上来。”

约翰跪下一条腿。海伦伸出只雪白的手，让他一吻而别。

姑娘们，如果你嫁给了你一心一意要嫁的人，而你不愿嫁的人满头大汗跑来，跪在你面前，唠叨什么非洲，什么会在他心中永不凋谢的爱情之花，你觉得这种情况是丘比特这位伟大的娃娃神对你的恩赐吗？这是一次考验，姑娘们，让你知道你的力量，让你觉得你一定会幸福，你得把那个伤心和不幸的人打发到海角天涯，在他最后一次吻你的手指时，吻你指甲修得干干净净的手指时，你得感到庆幸。有了这种事你千万别随便错过。

你猜接着怎样了呢？正在这时门开了，新郎大步走进来找戴帽子戴了老半天还不见下楼的新娘。

约翰·德莱尼在海伦手上一吻而别，跳出窗口，爬下太平梯，往非洲去了。

---

① 布朗克斯为纽约市区之一，但里弗里艾（the Riveria）未查到在何处。

我们先来点慢节奏音乐吧，或者是小提琴的轻奏，或者吹吹黑管，或者拉拉低音提琴。再请你想象当时这场面。弗兰克气得七窍生烟，仿佛受了什么致命伤，尖叫一声。海伦跑过来揪住他，想作解释。弗兰克一把抓住海伦的手腕，把她的手从肩上甩了开来，然后把海伦左右推着，一次，又一次，再一次（舞台监督会告诉你怎么推），推过三次往地上一摔，海伦缩成一团痛得哼着。他嚷着这辈子再不愿见她，冲出屋子，来客个个惊得瞪大眼发呆。

这件事不是演戏而是生活的真实，当中二十年间，观众不是进了休息室，而是回到世界，结婚，去世，头发变白，或者发财，或者受穷，或者过得开心，或者常常发愁。二十年后，再把幕布拉开。

巴里太太继承了商店和房子。她已是三十八岁了，但如果参加选美赛，无论粗看还是细看，都比许多十八岁的姑娘强。仍记得她婚礼上的滑稽剧的人已寥寥无几，但她并不讳言。她既不对人隐瞒，但也没把它卖给杂志社。

有一天，一位常光顾她店里买长格子纸和墨水的中年律师，站在柜台外向她求起婚来。

海伦满面笑容说：“谢谢你看得起我，但是二十年前我与另一个人结了婚。他笨得像只鹅，但是我至今仍然爱他。婚礼过后才半小时我就再也没见到他。你刚才想买的是哪种墨水？”

律师是老派头，隔着柜台鞠了一躬，在她手背上吻了一下表示恭敬。海伦叹口气。分手时行此大礼固然庄重，却难免多余。她现在已经三十八岁，却仍然美丽，受人喜爱；从爱她的人那儿她似乎没有得到别的，只得到责备和分离。更糟的是，最后一位一走，她还损失了一名顾客。

生意日益清淡，她挂起了“有房出租”的牌子。三楼有两间大房间，打算租给合适的房客。房客来得多，因为巴里太太的房子又干净，又舒适，又有生活情趣，可惜来了又得去。

有一天来了位姓雷蒙蒂的人，就是那位小提琴师，租了楼上前房。他的耳朵太娇，受不了闹市区的乱糟糟闹哄哄声，于是一位朋友叫他住进了这片噪音的沙漠中的绿洲。

看脸蛋雷蒙蒂仍然年轻，眉毛是黑色的，下巴上留着短短一撮外国式棕色胡须，满头厚厚的头发却已全白。他有艺术家气质，所以举止文雅大方，性格开朗，是阿宾登广场附近这所老房子的理想房客。

海伦住在商店上面这一层，其设计独特，走道很大，几乎成方形，靠里边墙是上三楼的楼梯，楼梯从墙的一边直伸到墙的另一边。海伦把过道既当了客厅，又当了办公室，放着她的办公桌，就在这里写业务信件。晚上坐在这里的一个大火炉边，一盏明亮的红灯下，或做针线活，或看书。雷蒙蒂觉得这地方的气氛合适，成了常客，和巴里太太讲巴黎的珍闻。在巴黎求学时，与他一道学习的有位琴师名声特大，又特健谈。

不久后住进来的第二位房客长得一表人才，却郁郁寡欢，刚四十出头，长着把棕色胡须，令人莫测高深，一双眼睛不知寻找什么，常四处望。他也很满意海伦这样的房东。由于有罗密欧式的眼睛，奥赛罗式的舌头[①]，他赢得了她的好感。他常对海伦谈异国他乡的事，也很有分寸地暗示想与她缔结良缘。

当与第一个房客在一起时，海伦的内心不由得兴奋激动。

---

① 罗密欧为莎士比亚著名悲剧《罗密欧与朱丽叶》中男主角，看中世代仇家女美丽的朱丽叶，最后两人殉情。奥赛罗为另一著名悲剧《奥赛罗》男主角，曾向威尼斯公爵之女讲述自己身世，赢得公爵之女爱情。

听到他的声音她很自然地会回想年轻时的恋情。这种感觉越来越强烈，她也无意摆脱，反倒认为他很像当时所爱恋的人。女人有女人的推理法（的确她们有时要进行推理），非一般的法则、理论、逻辑可比，海伦就是认为丈夫已经回到她身边。在他眼里她看到了爱情，而女人对爱情是绝不可能看错的；也看到了无穷尽的悔恨，悔恨引起怜悯，怜悯很可能变成爱，爱又是构成家的必备要素。

然而她没动声色。当丈夫近在咫尺却二十年不进门，再进门以后不能太便宜了他，一伸脚就换到了拖鞋，一伸手又有火柴点香烟。他得赔不是，得进行解释，甚至把自己骂上一通。要叫他受点罪，然后，如果他表现诚恳，方能和好如初。所以，她没动声色，不让对方看出她已经明白或有所察觉。

我那位当记者的朋友却看不出这件事有什么可笑！别人又偏偏派他来写一篇报道，把这件事写得热热闹闹，奇奇妙妙，滑稽可笑。且罢，我不愿多说同是吃笔墨饭的人的坏话，且把这件事说下去吧。

一天晚上，雷蒙蒂来到兼作办公室和客厅的过道，向海伦倾吐了爱情。这位钟情的艺术家说得情意绵绵又充满热情。他的话像心中的圣火烧出的火焰，他似在做梦又并非全在做梦。

没等海伦责怪他鲁莽，他又说道："但是在你答复我之前，我得告诉你，我的姓名不全，只知道叫雷蒙蒂。是我的经理取的。我不知道自己的身份，身世，只记得睁开眼时我是躺在医院里。当时我还年轻，在医院住了好几个星期。那以前的事我一概不知道。人家告诉我，我原来倒在街上，头部受伤，被人用急救车送进了医院。他们猜我是一头摔在石头上了。当时找不出我的身份证明文件，我本人又回想不起。出院以后我学拉小提琴，拉得很好。巴里太太，我不知道你的姓名，只知道我爱你。第一次见到你时，我就看了出来，你是世界上唯一中我心意的人，而且……”反正，这样的话有一大堆。

海伦觉得又变年轻了。她先是一阵得意和兴奋，但再一正眼看雷蒙蒂，内心一惊。这一惊是她没料到的，因而感到意外。原来，这位小提琴手早已成了她生活的一个重要组成部分，而她还一直无知无觉。

“雷蒙蒂先生，”她难过地说（请记着，现在不是在舞台，而是在阿宾登广场附近的那所老房子里），“很对不起，我已经是有了丈夫的人。”

接着她把生活中发生的那件不幸事告诉了他。作为主要角色，这件事以后有一天她还得对剧场经理和记者说。

雷蒙蒂拉起她的手，深深一躬，再一吻，回到了自己房间。

海伦坐下来看着自己的手直心酸。这难怪她。有三位求婚人吻过它，然后毅然走了。

一小时后，那位眼睛常四处望的莫测高深的房客进来了。海伦正坐在一把柳树摇椅上，织件棉毛混纺的东西，其实她并用不着这东西。他一步跨下楼梯，据说是来聊聊。坐到桌子对面后，他也倾吐了爱慕之情，还说：“海伦，难道你不认识我了？看你的眼神我知道你并没有忘记。难道你不能原谅往日的过错，记住持续了二十年的爱情？我非常对不起你，本来不敢回到你身边，但爱情战胜了情理。你能不能够、愿不愿意原谅我呢？”

海伦站起身。莫测高深的房客抓住她的一只手，紧紧地握着直颤抖。

她站着没动。可惜，舞台上没出现过类似的场面，表现过她的感情。

她的内心矛盾重重。少女时代对新郎难忘的爱情还留在她心里，记忆犹新。她尊重、珍视第一次的神圣选择，一颗心有一半被这次选择占据着。她割不断这纯洁的感情，是名誉感、忠诚与甜蜜难忘的回忆使她割不断。但是她的心的另一半被别的东西占据着，被后来近在咫尺的一个人占据着。所以，旧恋的人与新交的人在抗争。

就在她站着犹豫不决时，楼上传来轻轻的、动人的、如泣如诉的小提琴声。音乐像巫婆，会使一些最高尚的人都着迷。乌鸦啄到人的衣袖时并伤不了人，但谁要是专心听音乐，音乐却能通过耳膜感染他的心。

小提琴声和小提琴师在呼唤她，然而名誉感和旧日的爱却在拖住她。

“原谅我。”他恳求道。

“你如果离开爱慕的人二十年，这二十年会是段漫长的时间。”她说，声音里带着伤感。

“听我说吗？”他问道，“我把什么都告诉你吧。那天夜晚他走后我紧追上去。嫉妒使我发了疯。走到一条黑黢黢的街上我把他打倒在地，他没站起来。我仔细一看，原来是头撞在了一块石头上。我不是有意害死他，爱和嫉妒使我发了疯。我躲在附近，看到一辆救护车把他带走了。虽然你与他结了婚，海伦……”

“你是什么人？”海伦把手一抽，睁大眼叫道。

“你不记得我吗，海伦？不记得一个一直最爱你的人吗？我是约翰·德莱尼。如果你能原谅……”

但是海伦走了。她跌跌撞撞、急急忙忙地上了楼，跑到小提琴师那儿。小提琴师已忘却了往事，但是在两次生命中都把她看成是自己的人。她边上楼，边哭着，嚷着：“弗兰克！弗兰克！弗兰克！”

多年后，三人又这样相碰了，就像弹子盘上的弹子又相碰了一样，然而我那位当记者的朋友却认为这件事没任何可笑之处！

都市报道

所有城市都充满自豪，
各有各的骄傲。
你夸你的高山好，
我说我的港湾妙。

——吉普林[1]

可惜就没有一部描写芝加哥，或者布法罗，或者是田纳西州的纳什维尔的长篇小说。在美国，仅有三个大城市是“小说市”：当然要数纽约，还有新奥尔良、旧金山，而后者为三市之冠。

——弗兰克·诺里斯[2]

按加利福尼亚人的说法，东方是东方，而西方却是旧金山。加利福尼亚人成了一个民族，而不单纯是一个州的居民。他们是位于西部的南方人。相比之下，现在的芝加哥人对他们住的城市

① 拉迪亚德·吉普林（1865—1936），英国作家及诗人。

② 弗兰克·诺里斯（1870—1902），美国小说家。

的忠诚并不逊色，但你要是问起他们的原委，他们可就会结结巴巴了，说是喜爱湖里的鱼，新建的共济大厦。加利福尼亚人不同，说起来头头是道。

当你嫌烧煤花的钱太多，穿的内衣太厚重时，天气就成了他们的一大话题[①]，足足能说上半小时。一旦他们把你的沉默当成信服，那简直会发起疯来，把金门市[②]描绘成新大陆[③]的巴格达。其实，作为观点而言，没有反驳的必要。但各位兄弟姐妹（我们都是亚当和夏娃的后裔），如果谁用手指着地图说："这地方不可能有什么传奇，它还闹得出什么名堂吗？"他就真是个鲁莽汉。用一句话否定历史，否定传奇，否定英雄，难道不是胆大妄为吗?

纳什维尔——发货港，田纳西州首府，位于坎伯兰河之滨，北圣铁路与路新铁路[④]交会处。该市被视为南方最重要的教育中心。

我是晚上八点下的火车。翻遍词典没找到合适的形容词，我只好另打主意，列出一个配方表作比拟。

取伦敦的雾三十份，瘴气十份，泄出管道的煤气二十份；日落时在垫了砖的院子里搜集的露珠二十五份，忍冬发出的气味十五份，一起混合，所得的混合物便与纳什维尔的毛毛雨相近。它既不像樟脑丸有浓烈的气味，又不像豌豆汤那样稠。我不用再多说了，你会明白的。

我去旅社坐的是一辆类似法国大革命时期死囚坐的车，花了很大的毅力克制自己，才没爬上车顶模仿一次英雄。拉车的牲口

① 加利福尼亚气候宜人。

② 金门市即旧金山，加利福尼亚州也有"金州"（Golden State）的别称。

③ 新大陆指美洲大陆，也指美国。现在这一说法已较少用。

④ 原文用了缩写N.G&StL和L&N，前者明显为北卡罗来纳与圣路易斯之略写，后者似为路易斯维尔与新奥尔良之略写。

老掉了牙，赶车的人原来是个黑奴。

我想睡，又累，车一到旅社，便按规矩付了五角钱（不瞒你说还有接近于这个数目的馈赠）。我懂这儿的习气，不愿听人唠叨什么昔日的“东家”或者“战前”[①]的什么什么。

旅社是经过所谓“翻新”的，也就是说，换上了大理石柱，铺了瓷砖，装了电灯，正厅里摆着铜痰盂，楼上每间大房贴着新火车时刻表，挂着石版画卢考特山[②]，耗资两万元。经营管理无懈可击，态度的殷勤是南方人礼貌的典型表现。服务人员动作慢得像蜗牛，但态度温和得无以复加。饭菜可口，你千里迢迢来求食也值得。烤鸡肝片的美味你跑遍全世界也找不到第二家旅社里有。

吃饭时我问一位黑人服务员，城里有没有热闹好看。他紧锁双眉，思索了一分钟才答道：“这嘛——老爷，我实在想不出日落以后什么东西还会有看头。”

太阳已经落下了。实际上，还没等落就让毛毛雨吞没了。所以我没福分观赏日落。但我还是冒雨上了街，想看看热闹。

纳什维尔建在起伏不平的地方，街上有电灯照明，年花费三万两千四百七十元。

刚出旅社就遇上了种族乱子。一群人见了我一拥而上。他们大概是得了自由的黑人、阿拉伯人，或者南非的祖鲁人，手里全拿着家伙。我定睛一看才松了口气，原来拿的不是枪，而是鞭子。我又看到黑乎乎一大溜笨重的车，还听到他们喊：“到全城四里八角只要五角钱就跑，老爷。”才知道是在拉“生意”，而不是要向我动武。

我沿坡顺街向上走。街道很长，我真不知道这些街到头上怎么

---

① 指美国的南北战争前。

② 卢考特山三州均有，此处应指加州的卢考特山。

下来。也许，如不“铲平”是不好下的。好几条“大马路”上不时可见到一些店还亮着灯；一辆辆电车载着有身份的市民来来往往；有人边走边谈，谈锋正健；一家卖汽水与冰淇淋的店里还传出一阵可谓快活的笑声。一偏离大马路，小街上的人家无不自在，安享着天伦。许多窗口亮着灯，窗帘拉得严严实实。有几家在弹钢琴，琴声节奏分明，无可挑剔。的确，没有什么“热闹”。可惜我来得不是时候，没赶在日落前。于是，我回了旅社。

> 一八六四年十一月，邦联派将军胡德兵犯纳什维尔，围困了托马斯将军的国民军。托马斯将军率部奋战，击溃了邦联军。

自出生以来我就听说过、眼见过嚼烟草地区的南方人在比武中表现出的射击本领，钦佩不已。但在旅社我还是遇到了意想之外的事。大厅里摆着十二个崭新闪亮有气派的大铜痰盂，很高，可以与有耳有座脚的瓶相比，口特大，女子棒球队的神投手在五步开外往里进球稳中。但尽管恶仗已经开始，而且火力正猛，“敌人”并没有吃到苦头。它们站着没有损伤一根毫毛，崭新闪亮，有气派。就可惜名贵瓷砖遭了殃！那铺了砖的地面，漂漂亮亮的地面！我不由得想起在纳什维尔的战斗，而且由于习性傻，想从中悟出祖传射击本领的一点奥妙来。

在这里我第一次见到温特沃思·卡斯韦尔少校（是由于一种与其有还不如无的礼貌）。我一眼瞥见这人就知道他是个典型人物。老鼠是无处不在的动物。我的老朋友爱尔弗雷德·坦尼森[1]谈

① 爱尔弗雷德·坦尼森（1809—1902），英国诗人，可能由于爱谈他的诗，又属同时期人，作者戏称他为“老朋友”。

什么都一语中的，他曾说：

> 预言家，骂我这张闭不住的嘴吧，
> 骂我这条英国的害人虫，老鼠。

各位须明白，“英国的”一词是因达意的需要而加的。老鼠就是老鼠。

这位老兄满大厅转，活像只忘了把骨头埋在哪里的饿狗。他的脸大得出奇，红彤彤的，肉松得像菩萨那样往下垂。倒有一个值得肯定之处：刮得溜溜光。人只有胡须拉碴时才显出动物的特征。我想，如果那天他没动用过剃须刀，我准会见了也不理睬，使那天的罪犯名单上少一名凶杀犯。

卡斯韦尔少校开火时我正站在离痰盂五步远处。我的眼睛很管用，发现了射手用的是加特林机枪①，而不是打松鼠的枪，忙一躲闪。少校也不含糊，马上向我这位与战事无关的人道歉。他就长着张闭不住的嘴。四分钟内他成了我的朋友，还拉着我上酒吧间。

写到此处我想说明，我是南方人。然而我并没有南方人的那一套习惯。我并不用细窄的横领结，也不戴垂边软帽，也不穿双排扣长礼服，也不谈谢尔曼将军②毁了我多少包棉花，嘴里也不嚼东西。乐队演奏《狄克西》③时，我也不喝彩。我往后在椅上靠了靠，再要了杯酒，恨不得朗斯特里特将军④……可是恨不得又有什么用呢？

---

① 初期的机枪，以发明者的姓命名。

② 谢尔曼（1820—1891），在南北战争中屡败南方邦联军，战功赫赫。

③ 美国南北战争时歌颂南方的名歌。

④ 朗斯特里特（1821—1904），美国南北战争时南部邦联的将军。

卡斯韦尔往柜台哨地一拳，声威像萨姆特港第一炮。等到他向阿波马托克斯[①]放了最后一炮，我以为他会收场，可是他又开始谈起他的家谱来，说亚当原本是卡斯韦尔家族的表亲，排行第三。数完了宗谱，他再谈我最不愿听的家事。说起了他太太时，他追根溯源，考证出她的远祖是夏娃，又破口大骂有人造谣说她跟该隐[②]有血缘关系。

进店时是他要的酒，听他说个没完没了，我不禁起了疑心，以为他的话一多，我听久了便会糊里糊涂付酒账。可是等酒全下了肚，他当啷一声把块银洋丢到了柜台上。这一来当然少不了还得上一趟酒。第二趟的钱由我付，付完我拔腿想走，实在不愿再跟他在一起。但还没等我走开，他又嚷开了，说他太太挣到了一笔钱，还掏出了一把银圆。

在服务台取钥匙时，服务员彬彬有礼对我说："如果卡斯韦尔搅得您心烦，您尽管直说不妨，我们会把他弄走。他招人嫌，爱四处窜，没人知道他的经济来源，可是他又几乎从不缺钱花。只不过我们看来还没有想到个好办法撵他走。"

我想了想答道："那就不用了，我看没必要麻烦你们。要说我不愿跟他在一起，那倒是实在话。"接着我又说道，"你们这儿显得太清静，就不知有些什么可以让新来的人消遣消遣，玩一玩，或者看了来劲。"

服务员说："哦，对，星期四有表演。我看这样吧，我去查看清楚，让人把广告在送冰水时一道送到您房间来。晚安！"

回到楼上房间以后我望着窗外。才十点来钟，全城就已静寂

① 美国南北战争以南部邦联军攻陷萨姆特开始，李将军在阿波马托克斯投降告终。

② 该隐为亚当与夏娃的长子，曾杀害其弟亚伯，所以在宗教传说中该隐就成了大恶人。作者在这里让卡斯韦尔牛头不对马嘴地乱吹一气，把这个可憎又可笑的人物描写得活灵活现。

无声。雨还在下，闪闪烁烁可见到些半暗不明的灯，像撒在集贸市场卖的蛋糕上的葡萄干一样稀稀拉拉。

“这地方真安静。”我暗暗想着，脱下一只鞋，把它丢到地上，也是楼下房客的天花板上。“毫无生气，不像东部和西部城市有看头，有特色。就一座工商业城，好倒好，可是平凡、没味。”

> 纳什维尔在全国产业中心中占有一席重要地位，是美国的第五大鞋市，南方最大的糖果与薄脆饼产地，其绸布、杂货、药品的批发量也相当可观。

我来纳什维尔的原委得向你有所交代。话偏了题，当然你会厌烦，其实我也同样厌烦。我本来在别的地方办自己的事，但一家北方的文学杂志委托我来这里，代杂志社面见一位叫阿泽利亚·阿戴尔的作者。

阿戴尔（除了所写的字，对此人尚一无所知）寄来几篇散文（是难得的佳作）和几首诗歌，让编辑们在一点吃午饭时都叫好。所以他们托我找到这位阿戴尔，抢在别家出每字一角或两角的价格前，以每字两分的价格签好合同买其作品。

第二天上午九点，吃过鸡肝（你不妨来这家旅社品尝品尝），我冒雨出门了。毛毛雨仍在下，似乎没完没了。刚拐弯就遇上了恺撒大叔。他是个黑人，身强力壮，年岁比金字塔还大，那头白发和脸使我想起了布鲁特斯，接着又想起凯奇怀欧王[①]。他那件上衣妙不可言，从没见过，以后也见不着。衣长齐脚踝骨，原本是邦联军穿的，灰色，但因经日晒雨淋和久穿，变得五彩斑

① 凯奇怀欧王，南部非洲祖鲁族首领，曾率祖鲁人抗击英军入侵，但遭失败。祖鲁族是个英勇善战的民族。

斓，叫约瑟夫的上衣[①]也相形见绌。这件宝贝衣服我得多费些笔墨交代，因为它跟整个故事密切相关，而整个故事要慢慢道来，因为纳什维尔这地方似乎闹不出新鲜事。

可以肯定这件衣服原是一位军官的军服。披肩已经掉了，披肩以下本有漂亮的装饰扣和穗，也都不见了踪影，它们的遗址用线密密麻麻缝了起来（大概是哪位高寿的“黑妈妈”的功劳），钉上普通细麻绳巧结的花扣，可麻绳已经磨坏，发了毛。钉上花扣一定是为了使衣服不失往日的气派，尽管不漂亮，却也足见苦心，因为那些花扣完全是顺着不知何年何月就掉了的装饰品的纹路编结的。有关这件衣服的悲欢，最后还要交代一笔，就是它的纽扣掉得仅剩一颗，只有上面第二颗还留着，别的地方都用细绳打起结，绳的一头穿在扣眼里，另一头穿在衣右侧胡乱打的洞里。这件色彩斑斓装饰品独出心裁的古怪衣服天下绝无仅有。唯一剩下的纽扣有半个一元钱币大小，黄色，角质，用粗线钉着。

黑大叔身边的车也有了一大把年纪。当年含[②]带着车和两匹马离舟登岸后开创了出租车行，也许创业的车就是黑大叔的这辆。见我走近了他忙打开车门，拿出根羽毛掸挥挥（只挥没真用），用浑浊的声音说：

“老伢（爷），请上车。车里没半点灰。刚刚送过葬的，老伢。”

---

① 典出《圣经》。约瑟夫为希伯来人祖先之一，其上衣很大，原为绿色，后变得五彩斑斓，东补一块，西补一块。

② 含（Ham）是《圣经》中的人物，诺亚的儿子。诺亚受上帝启示造一方舟，将自己、家人及各类动物雌雄各一救出大洪水。含有“温暖的”与“黑的”两义，但《圣经》中并无含开车行一说，作者在这里是在开玩笑。

我想，参加过这种大典的车一定打扫得格外干净。往街两头一望，也不见有什么选择的余地，停在街边等着拉人的车都差不多。我掏出记事本，翻到了阿泽利亚·阿戴尔的住址。

“到杰萨明路八百六十一号。”我说着便往车里钻。可是黑大叔那又粗又长像猩猩爪子般的手一伸，拦住了我，那张阴沉沉的大脸上掠过一阵疑云与敌意。随后，他心上的石头马上又落了地，还是用讨好的语气问道：“老板，你怯（去）那里做甚？”

“那跟你有什么相干？”我有些不客气地反问了一句。

“没，没，老伢。就是那儿太偏僻，没有要紧的事大家都不上那儿怯。您上车。座位干净，才刚刚送过葬，老伢。”

到目的地少说也走了一英里半。砖铺的路高低不平，车又是老古董，除了嘎吱嘎吱的刺耳声音外，我什么都听不见。毛毛雨还在下，这时本来就有点异味的雨又加进了煤烟味，沥青与夹竹桃的混合味，直往鼻孔里钻。透过水气盖住的窗玻璃，见得到的就只两排朦朦胧胧的房子。

纳什维尔面积是十平方英里，街道总长一百八十一英里，其中一百三十七英里是经过铺修的，全城水管管道耗资两百万。干线长七十七英里。

杰萨明路八百六十一号是所老朽的房子，离街三十码，四周有枝繁叶茂的树和没修剪的灌木环抱。一排矮黄杨木长得茂密，把围篱遮得几乎不见踪影。篱门关着，一根绳打的活结把门拴在了第一个篱桩上。但走进篱门以后，你会发现，八百六十一号也曾荣耀显赫过，远不是今日这样一副破落的穷酸可怜相。且让我们慢一步进屋里。

车嘎吱嘎吱的声音停了，劳累的牲口收住了腿。我给车夫五角车费，外加两角五小费，心想这该算大方。但车夫不肯。

“是两元，老伢。”他说。

“要两元？”我问道，“你在旅社喊的价我听得一清二楚：‘全城四里八角才要五角钱就跑。’”

“是两元，老伢。”他不相让，又道，“离旅社远着呐。”

“可还是在城里，没有出城半步啊。”我也不甘休，“把我当北方佬，好欺负？真想得美。那一带的山你见到了吧？”雨仍在下，连我自己也看不见山，但我仍然指着东边，嘴没停。“哼，我就在山那边生，那边长。你这老黑鬼是蠢货，人是哪儿来的都分不清！”

凯奇怀欧王紧绷着的脸松开了：“原来你也是南方宁（人），老伢？是你那山（双）鞋把我给搅糊涂了。南方宁（人）穿的鞋前面没有你这么尖。”

“这么说，车钱就只要五角，对么？”我的口气并没有松动。

他原先那种既体现发财心又显露敌意的表情又出现了，持续十秒后才消逝。

“老板，”他说，“五角倒是五角，可老伢我得用两元。我非开销两元不行。老伢，到头来我知道了你是哪儿宁（人），就不劲（硬）要两元，我这只说，今天晚上我就等着两元钱，生意差得不行。”

他的一张大脸上浮现出心安和有把握的表情。他的运气比原来指望的好，没遇上不知道价钱的糊涂蛋，倒遇上了生性厚道的人。

“你这该死的老混蛋，”我边说边把手往口袋里伸，“该把你往警察局送！”

我第一次看见他笑了。他心中有数，有了底，他再明白不过。

我给了他两张一元的钞票。钞票过手时，我发现其中一张已饱经沧桑，右上角掉了，中间是撕开了又粘上的。裂开处粘的是条蓝色棉纸，没这条纸就流通不了。

这名非洲强盗的事暂且按下不表，反正他高高兴兴地走了。且说我取下绳套，推开篱门，门便嘎吱一响。

我在前文已交代，这所房子已经破落，二十年里没让油漆刷子碰过。我原奇怪为什么它没让一阵大风吹得东零西散，可后来看到了树就明白了。那些树把这所房子紧紧环抱，它们经历过发生在纳什维尔的鏖战，现在亭亭如盖，保护着房子不遭暴风、严寒与敌害。

阿泽利亚·阿戴尔是名门之后，年已五十，头发发白，又瘦又弱，与她住的房子质地相差无几。一身衣裳是我前所未见的廉价货，却洗得比我看过的任何衣服都干净。她接待了我，风度高雅得像王后。

客厅似乎有一英里见方，因为里面空空荡荡，只摆着两三把椅子，一张早已没毛的马鬃沙发，一张有裂纹的大理石桌，地毯破了，松木书架没刷油漆，架子上只有几排书。不过，墙上倒有幅画，是彩笔画的一丛三色紫罗兰。我原以为有安德鲁·杰克逊[①]提着装松果的吊篮的画，结果四下却没寻着。

阿泽利亚·阿戴尔与我进行了长谈，我可作部分介绍。她是老南方的后裔，小时生活无忧无虑，备受疼爱。她的知识面并不广，但对她所知的相对狭小的领域钻得倒是很深，很有见地。她没出家门，对世界的了解靠的是推断与灵感。那帮为数

---

① 安德鲁·杰克逊（1767—1845），美国将军，1829至1837年间为第七任美国总统。

不多、难能可贵的散文作家具备的正是这种素质。我听她谈时有些自愧不如，手指不由自主地动，好像在拂去林兰姆、乔叟、里兹利特、马库斯、奥里利厄斯、蒙田、胡德[1]等人著作的皮革制书背上的灰尘。其实没有灰尘。我觉得她了不起，很有价值。今天，几乎人人对现实生活都过于内行。唉，是懂得太多才过于内行！

阿泽利亚·阿戴尔的生活不用说是非常清苦的。恐怕除了一所房子，一身衣服，她已一无所有。一方面，我对杂志社要尽到责任，另一方面我又对苦苦奋斗的诗人和散文家有着一片忠心。她的声音很像大型钢琴，叫我听得入神，只觉得开不了口提合同。面对一位抵得过九女神和三姐妹的人物[2]，有谁能把价码压到两分呢？生意经非等到下一次会面再谈不可。但我提到了我肩负的使命，约定第二天下午谈买卖。

到即将告别时，我说了句告别该说的套话："你们这地方是个太平、安稳的地方。称得上安乐乡，很少会闹出什么不寻常的事来。"

纳什维尔向西部与南方各地卖出大量炉灶和器皿，其面粉生产量为每天两千桶。

阿泽利亚·阿戴尔想了想。

"我倒从没有过这样的看法。"她极其认真且有几分激动地说（这似乎是她的特点），"难道不正是在太平、安静的地方发

① 本处所列几位作家都是西方有名的大散文作家。

② 九女神指天神宙斯的九个女儿，司文学、艺术、科学。三姐妹指司美与魅力的三女神。

生了许许多多事吗？我想，当上帝在第一个星期一[①]的上午创造大地堆起万仞不倒的山峰时，人们要把身子伸出窗外，才可以听到土块从他铲子上掉下的声音。世界上最热闹的工程，就是修建通天塔[②]，又落个什么结果呢？只有《北美评论》上占一页半的世界语。”

“当然，人类的本性各地都相同。”我搬起陈腔滥调来了，“不过，有些城市比别的城市更富有色彩——呃——富有戏剧性和变化——呃——也就更叫人神往。”

阿泽利亚·阿戴尔道：“可以说我已多次周游世界，乘的金色飞船有两只翅膀——书本与想象。我见过——是在想象中见的——土耳其国王亲手勒死一名妃子，就因为她在公众场合摘下了面纱。我在纳什维尔亲眼见过有人把戏票撕碎了，因为他妻子把米粉抹在脸上跟着他出门。在芝加哥的唐人街，我见过一个叫章儿的丫鬟让人按着慢慢下油锅，逼她答应永不跟她的美国情郎会面。滚开的杏仁油浸过她的膝盖三寸时，她屈从了。前天夜里，就在纳什维尔城东的一次牌会上，我看见一个叫基蒂·摩根的人遇上七个老同学，也是从小一起长大的朋友，但他们一个个只当从来不认识她，就因为嫌她嫁了个油漆匠。她心里像是滚油在煎，可是脸上却仍然挂着微笑，从这张桌子走到那张桌子，只可惜你没看到那笑脸。你说得对，我们这儿是个平淡无奇的地方，几英里的地盘只有红砖房、泥巴、商店、贮木场。”

---

① 《圣经》中说上帝第一天将天地分开，工作六天后休息一天，这就是一星期有七天的由来。所以阿戴尔说上帝在第一个星期一创造大地有其根据。但说这时人们可把身子伸出窗外却离谱，因为上帝最后才造出人。

② 《圣经·旧约·创世记》第11章记载，当时人类联合起来兴建希望能通往天堂的高塔；为了阻止人类的计划，上帝让人类说不同的语言，使人类相互之间不能沟通，计划因此失败，人类自此各散东西。

屋后传来咚咚的敲门声。阿泽利亚·阿戴尔轻轻说了声对不起，走去看是谁在敲。没多久她转身又来了，眼发亮，脸泛红，显得年轻了十岁。

“你一定得喝杯茶，吃块糖再走。”她说。

她伸手拿起个小铁铃摇了摇。一个黑人小姑娘走了进来，才十二岁左右，赤着双脚，衣服不大干净，大拇指含在嘴里，睁大眼没好气地望着我。

阿泽利亚·阿戴尔打开一个又小又破的钱包，掏出张一元的钞票，有一张的右上角不见了，从正中撕成两半，也是用条蓝色棉纸粘在一起的，和我给那海盗似的黑人的那张钞票一模一样，肯定错不了。

她把钞票给了小女孩，说：“小东西，你去街口贝克先生店里一趟，买四分之一磅茶叶，就是他平常送到我这儿来的那种。再买一角钱的糖。快去快回。”她转身对我道：“家里的茶不凑巧吃光了。”

小东西从后门走了出去。她赤脚重重踹在后面门廊的声音还没完全消失，便听到有人尖叫一声，震动了这空荡荡的屋子。我敢肯定是小东西在叫。接着，传来那小女孩边叫边说着什么的声音，而且还有一个成年男人气冲冲的叫骂，嗓音低沉沙哑。

阿泽利亚·阿戴尔不慌不忙起身走了出去。我听到那沙嗓门唠唠叨叨了两分钟，接着听到仿佛有人在骂或者拉拉扯扯。可是，当阿泽利亚·阿戴尔又进屋坐下时，表情却不见有一点异样。

她说：“这屋子房间多，一部分租给了一个房客。对不起得很，不能请你喝茶了。我往常在店里买的那种茶没有了。也许明天贝克先生会给我送些来。”

可以肯定，那小女孩连屋门都没来得及出。我问过怎样坐电车回去后便告辞了。出门以后很久才想起没来得及问阿泽利亚·阿戴尔姓什么，但明天问也不算晚。

就在这一天，我干起了这座平淡无奇的城市逼使我干的大不该的事。我来这儿前后才两天，但就在这短短的时间里，我通过电话撒了弥天大谎，而且在一件凶杀案事发之后，用法律术语说，又成了凶杀犯的“同谋”。

一踏进我住的旅社所在的那条马路，身穿那件多姿多彩、举世无双衣服的非洲血统黑人一把拽住我，打开棺材似的车上那通往地牢的门，挥动羽毛掸，喊着同一套话：“请上车，老板。车里干净，刚送过葬的。五角钱随……”

他这才认出我，咧开大嘴笑了。“退（对）不起，老板。今天上午，你先生大伢坐过我的车。多谢老伢。”

“明天下午三点我还去八百六十一号，”我说，“要是你在这里，我坐你的车。你好像认识阿戴尔小姐吧？”我想起了那张钞票，最后问道。

“我是她爸爸的下人，就是那个阿戴尔法官，老伢。”他答道。

“我看她穷得可怜，家里数不出几个钱来，是吗？”我问道。

我立刻发现凯奇怀欧王变了脸色，不过很快又恢复了正常，又成了会漫天要价的黑人老车夫。

“她饿不了肚皮，老伢。”他慢声吞气地说，“她有她的来源头，老伢。她有她的来源头。”

“跑这一趟我只给五角。”我说。

“好吧，是那个价钱，老伢。”他顺从地答道，“今天早上我要等着那两元钱花用，老伢。”

回旅社我去电撒了个谎，对杂志社说：“阿泽利亚·阿戴尔非要每字八分不可。”

对方回电是：“快给她八分，蠢货！”

要吃饭时，温特沃思·卡斯韦尔少校遇见了我，打招呼的亲热劲胜似久别重逢的老朋友。我一见就厌恶而又难于摆脱的人为数寥寥无几。他撞上我时正巧我在酒吧间，这种地方我不便当面推脱。我宁可自付酒钱，免得再在这儿喝下去，可是无奈这酒鬼格外可恶，要热闹，好人多，每破费一文酒钱都要人放鞭炮，请乐队奏乐。

他从衣袋里掏出两张一元的钞票，啪的一声，把其中一张按到了柜台上，那气派俨然像是有万贯家财。我一看，发现钞票的右上角没有了，当中撕成了两半，是用条蓝色的棉纸粘起来的。又是我那一张，绝对错不了。

我回到自己房间。毛毛雨还在下，这座南方的城市又无味无奇，弄得我有气无力，坐立不是。临睡前我想起了那张神奇的钞票（以它为线索可以写一篇绝妙的旧金山侦探小说），心里直犯疑：“难道这儿的人大都是车行里的股东，能进钱就分红利？难道……”这样想着我便睡着了。

第二天，凯奇怀欧王果然到位，把我拉到八百六十一号，只是一路在石头上颠簸，把我的骨头都震散了架。他还等着我把事办好，再摇摇晃晃拉我回去。

阿泽利亚·阿戴尔比前一天脸色更苍白，衣服更干净，也显得更孱弱。在每字八分的合同上签过字以后，她的脸没有了血色，坐不住，从椅子上滑了下来。没费多大力气我把她扶上了已成老古董的马鬃沙发；接着跑步到大街，大声喊那黑海盗去请医生。我早知他聪明，果然不错，他丢下车马一路飞跑，深知这事非抢速度不可。没出十分钟，他带了位表情严肃、头发花白的医学界高手来。我简单向他说明了来这所空荡而神秘的房子的原委（每字远卖不了八分）。他深鞠一躬，表示理解，然后转身对黑人老头用平静的口吻说：

“恺撒大叔[①]，快到我家去，叫露西小姐用装奶酪的罐装满满一罐牛奶，再用大杯装半杯葡萄酒，你都拿来。快去快回。别赶车，跑快点。这趟差总用不了一星期吧？”

看来梅里曼[②]大夫信不过这拦路强盗的腿，就怕他快不起来。恺撒大叔撒开两条笨腿跑得倒快。等他跑远了，大夫先打量我一番，态度彬彬有礼，内心却在细细思忖，终于认定我是个可靠的人。

他道：“只不过是营养不良而已。换句话说，是贫穷、自尊、饥饿造成的。卡斯韦尔太太的真心朋友很多，都乐意帮她，但谁的接济她都不要，只要恺撒大叔的，这老头以前是她家的黑奴。”

“卡斯韦尔太太！”我吃了一惊。我把眼光转向合同，发现她在合同上签的名是“阿泽利亚·阿戴尔·卡斯韦尔。”

医生说：“可惜嫁给了一个酒鬼，一个游手好闲的废物。据说，她家老黑奴接济她的钱哪怕数目很小也让他搜刮去了。”

牛奶和酒端来了以后，食到病除，阿泽利亚·阿戴尔恢复了元气。她挺直身坐着，赞叹秋叶之美。当时秋叶色彩最浓，正值赏叶时节。关于昏过去的事她轻描淡写，只说是由于心跳过速

---

① 恺撒是古罗马大将，后被称为恺撒大帝。作者将黑人车夫取名恺撒与戏称他为凯奇怀欧王一样，也是一种夸张与幽默。

② 梅里曼，英文原文名Menyman，意为“快活人”。

的旧病复发。她躺到沙发上后，小女孩便给她打扇。医生还要到别处出诊，我把他送到门口，告诉他，阿泽利亚·阿戴尔给杂志社稿件的报酬可以预付一笔，我愿意也有权这样做，他听了很高兴。

"你还不知道，"他说，"你坐了车王的车。恺撒大叔的祖父是刚果的一个车王。恺撒自己就车王架势十足，想必你不难看出来。"

大夫还没走多远，我就听到恺撒大叔在屋子里说话："阿德（泽）利亚小贾（姐），你就眼睁睁地让他抢了两元钱吗？"

"是的，恺撒。"我又听到阿泽利亚·阿戴尔答话，声音有气无力。接着我走了进去，把与作者谈的公事告一段落。我果真预付五十元，说这是约稿定规。然后恺撒大叔赶车把我送回了旅社。

到此为止的事是我亲眼所见的，可以出庭作证，但往后的事我就不能作为见证人说话了。

大约下午六点，我到旅社外散步。恺撒大叔又在街口。他打开车门，挥着羽毛掸，又说开了那套难听的话："请上车，老伢。五角钱上全城四里八角。车干净的不用说，老伢。刚刚送过葬的——"

他这才认出是我，大概是由于老眼昏花。他的衣服又花花点点褪了些颜色，细麻绳磨得更毛、更不成样子，原来唯一剩下的那颗纽扣，就是那颗黄色的角质纽扣，也不见了。恺撒大叔是世代车王的好一个不肖子孙！

将近两小时以后，我发现药房前围了一大堆看热闹的人。在一个太平得像沙漠一样的地方，这要算稀奇事，我往人堆里硬挤了进去。原来，是温特沃思·卡斯韦尔少校的躯体躺在几把椅子和空箱子临时搭起来的台子上，医生正在检查有没有活的希望，结果，断定希望全无。

这位往日的上校死在一条黑咕隆咚的街上，后来，被几个又好事又闲得无聊的人抬到了药房门前。从种种迹象可以看出，这位老兄身经了一场恶斗。尽管他游手好闲又爱耍无赖，他却也是一名斗士。只不过他斗输了。他的两手还紧握着拳，扳也扳不开。熟识他的几位好心人围在他近边，搜索枯肠想说几句死者总算担当得起的好话。一位慈眉善目的人绞尽脑汁后有了一句："卡斯韦尔十四岁时，学校里拼单词拼得最好的学生他算得上一个。"

等我挤到死者身边时，死者垂在白松木箱边的右手松开了，一件东西掉在我脚边。我不动声色，踏上一只脚踩着，等过了一会儿才捡起来塞进口袋里。我猜想，在作生死搏斗时，他一定是紧紧抓着了这东西，断了气还没松手。

这天晚上，除了政事与禁酒令，旅社里人们的主要话题是卡斯韦尔少校之死。我听见有人对一伙人说：

"各位，依我看，是哪个下流黑鬼谋财，把卡斯韦尔杀了。今天下午他身上有五十元，还拿给旅社的好几个人看过。等到人死了后，钱也不见了。"

第二天上午九点，我离开了纳什维尔。火车经过坎伯兰河上的桥时，我从口袋里摸出了一颗黄色的角质衣扣，约五角硬币大小，纽扣上还吊着磨毛了的细绳头。然后我往窗外一扔，把它扔进缓缓的、发黄的河水里。

布法罗市的情形如何，我不敢妄言！

图书在版编目（CIP）数据

欧・亨利短篇小说集 / (美) 欧・亨利 (O. Henry) 著 ; 张经浩译 . -- 哈尔滨 : 北方文艺出版社 , 2019.7
ISBN 978-7-5317-4541-9

Ⅰ . ①欧… Ⅱ . ①欧… ②张… Ⅲ . ①短篇小说 – 小说集 – 美国 – 近代 Ⅳ . ① I712.44

中国版本图书馆 CIP 数据核字 (2019) 第 094884 号

欧・亨利短篇小说集
Ou Hengli Duanpian Xiaoshuoji

作　者 / [美] 欧・亨利
译　者 / 张经浩
责任编辑 / 路　嵩
封面设计 / MAX ↑ Stream
版式设计 / 段文婷

出版发行 / 北方文艺出版社
邮　编 / 150080
发行电话 / (0451) 85951921 85951915
经　销 / 新华书店
地　址 / 哈尔滨市南岗区林兴街 3 号
网　址 / www.bfwy.com

印　刷 / 北京中科印刷有限公司
开　本 / 880mm × 1230mm　1/ 32
字　数 / 163 千
印　张 / 7
版　次 / 2019 年 7 月第 1 版
印　次 / 2019 年 7 月第 1 次印刷

书　号 / ISBN 978-7-5317-4541-9
定　价 / 39.80 元